Scripto

Feng Jicai

Que cent fleurs s'épanouissent

Traduit du chinois par
Marie-France de Mirbeck
et Antoinette Nodot

Gallimard

Avant-propos

Les bouleversements qui marquent l'histoire de la Chine de 1956 à 1970 méritent qu'on s'y arrête pour la compréhension de l'histoire qui va suivre.

En juin 1956, Mao lance le mot d'ordre : « Que cent fleurs s'épanouissent », incitant tous les intellectuels à exprimer leurs opinions. C'est ce qu'ils font librement, se livrant sans méfiance et sans retenue. Observations et critiques vont bon train. La réaction du pouvoir ne se fait pas attendre.

En avril 1957, Mao lance la campagne antidroitière. Sont « droitiers » tous ceux qui ont cru à la liberté de critique. Ils seront persécutés, emprisonnés, torturés, exilés.

En 1966, après dix années de relative accalmie, Mao sentant à nouveau son pouvoir menacé lance la Grande Révolution culturelle : faire table rase de toutes les traditions, des « Quatre Vieilleries » qu'étaient la pensée, la culture, les mœurs et les coutumes de l'époque de Confucius, pour construire un monde nouveau. Étudiants et lycéens devenus gardes rouges s'engagent à cœur perdu dans ce mouvement qui devait aussi toucher les entreprises et le monde rural. Ils seront dépassés par ce qu'ils ont semé et seront anéantis en voulant appliquer la « Décision en seize articles » qui définissait cette action de grande envergure.

On sait aujourd'hui que la Grande Révolution culturelle a laissé derrière elle des centaines de milliers de morts et détruit un patrimoine culturel inestimable. Elle s'achève définitivement avec la mort de Mao en 1976.

Chapitre un

Le train s'était déjà arrêté trois fois et, dans mon compartiment, la couchette d'en face était toujours vide. Avec un peu de chance, elle le resterait. Pendant ces longs trajets, si on n'avait pas d'ami avec qui voyager, le mieux était encore de ne pas avoir de voisin du tout. Car à cette époque, au début des années soixante-dix, un homme libre et indépendant courait de véritables risques à se lier avec un inconnu. Le danger était partout et il fallait demeurer sans cesse sur ses gardes pour éviter les pièges. D'ailleurs, j'ai toujours préféré ma propre compagnie à celle des autres. Je trouve la tranquillité dans la solitude. Mais, s'il n'y a que dans les endroits déserts qu'on se sente libre, quel sens, finalement, cette liberté peut-elle bien avoir ?

La nuit était tombée depuis quelques heures. Soudain une lumière éblouissante envahit le compartiment. Était-ce un train venant d'en face ? Arrivait-on dans une gare ? Le train s'immobilisa brutalement, renversant la moitié de mon verre d'eau. Ces locomotives à vapeur s'arrêtaient si brusquement que je fus, moi aussi, projeté en avant.

J'ignore dans quel compartiment un enfant se réveilla, effrayé, et se mit à pleurer. J'ai collé mon visage contre la vitre glacée. En fait, c'était la gare d'un faubourg animé d'où l'on apercevait les rives lointaines d'un fleuve. Pourtant, au milieu des piliers de ciment couverts de slogans, on ne distinguait pas l'ombre d'un voyageur. Un vent glacial gonflait les *dazibao** qui ressemblaient à de grands ballons de papier rouge roulant lentement sur le quai. Et puis, très vite, des coups de sifflet, des bruits de porte qu'on claque et le train qui s'ébranle. Apparemment, pour cette nuit, le compartiment serait pour moi tout seul. Je me suis allongé, j'ai éteint le plafonnier et j'ai allumé la petite lampe au-dessus de ma couchette. Dans cette demi-obscurité, l'esprit détendu, je me suis laissé aller à rêvasser, comptant jouir à ma guise de ma solitude. Soudain, un bruit de porte qui s'ouvre. Catastrophe, quelqu'un entrait !

Je m'étais redressé pour allumer la lumière et je n'ai pas vu la personne qui entrait. J'ai seulement aperçu deux mains qui portaient une lourde caisse en carton. La caisse une fois posée, apparut un homme d'âge moyen. J'ai tout de suite pensé à lui dire bonjour, mais il reprenait bruyamment son souffle. Il a ôté son manteau imprégné d'air froid et l'a jeté sur la

---

* Journaux muraux utilisés à des fins de propagande ou de contestation.

couchette. Puis il est retourné dans le couloir pour rentrer le reste de ses bagages : un gros sac de voyage déchiré, à la fermeture cassée, tenu par une ficelle maladroitement attachée, une vieille valise de toile verte, noire de crasse, et un grand carton à dessin usé. Il a fermé la porte du compartiment avec une étrange nervosité, comme s'il était monté dans le train sans billet. Il ne m'a prêté absolument aucune attention. Il cherchait un endroit pour installer correctement sa caisse. Il s'est enfin assis et je lui ai dit :

– Il a l'air de faire drôlement froid !

Mais il ne m'a pas répondu. Il s'est remis debout. Il a regardé autour de lui et a déplacé de nouveau sa grande caisse dans l'espace vide au-dessus de la porte. J'ai vu l'effort qu'il faisait pour la soulever et, au moment où j'allais lui demander s'il avait besoin d'aide, d'un coup d'un seul il m'a pété au nez, un pet gras et sonore ! Je n'avais jamais rencontré un sans-gêne pareil ni une telle vulgarité ! De plus, sa caisse une fois installée, il ne s'est même pas excusé. Il m'a seulement regardé avec des yeux de poisson mort, me dévisageant comme une chose qui le désolait profondément. C'était le type même de l'emmerdeur et je pressentais que la fin de mon voyage ne serait pas aussi agréable que le début.

J'ai décidé de ne plus m'occuper de lui. J'ai fait semblant de tomber de fatigue et de m'endormir. Mais mon voisin ne restait pas une minute tranquille, il n'arrêtait pas de faire du bruit. Il a allumé une cigarette dont il a recraché la fumée en faisant un vrai bruit de soufflet. Puis je l'ai entendu se mettre à parler tout seul et à maugréer : « Ce qu'il est lent ce train... j'ai froid aux mains... la nuit est noire, trop noire... » J'ai pensé qu'il n'avait plus toute sa tête. Il s'est tourné et retourné. Il s'asseyait, se relevait et s'approchait sans arrêt de la caisse en marmonnant. J'ai jeté un coup d'œil discret. Il s'était mis sur la pointe des pieds et recouvrait la caisse de son manteau. Mais après, il ne s'est toujours pas assis, il est allé tirer son manteau pour dégager un coin de la caisse à un endroit où le carton était déchiré. Ma curiosité en a été d'autant plus excitée. Que pouvait bien contenir cette boîte qui craigne le froid et réclame de l'air ? En tout état de cause c'était quelque chose de vivant. Tout d'abord, j'ai pensé à un canard, un poulet ou un chat volés. Mais pourquoi n'entendait-on aucun bruit ? Même si c'était un lapin on aurait dû l'entendre remuer. A ce moment-là, il s'est passé quelque chose d'encore plus bizarre. Le gars s'est retourné vers moi et, croyant que je dormais, il est monté doucement sur la couchette inférieure. Il a collé sa bouche contre le trou de la caisse et il a murmuré :

– Ne t'étouffe pas, hein... Tiens le coup, il va bientôt faire jour.

Un passager clandestin ! Oui, mais une caisse d'un peu plus de deux pieds ne pouvait pas contenir un homme, tout au plus un enfant. Et pourquoi transportait-il un carton à dessin ? Espérait-il tromper plus facilement les gens en se déguisant en peintre ? J'ai attendu qu'il soit assis et je l'ai minutieusement détaillé. Heureusement j'étais dans l'ombre et il ne pouvait pas voir si je dormais ou si j'étais éveillé.

Il avait les cheveux ébouriffés et drus comme du foin, un visage plein et maussade, barbouillé de poussière comme s'il sortait tout droit d'un terrier. Ses mains très maigres étaient couvertes de cicatrices. De quelle bagarre étaient-elles donc les traces ? J'ai poursuivi mon inspection. Il portait sous un vieil uniforme un molletonné déchiré, une chemise au col râpé dont tous les boutons avaient disparu, tandis que ceux qui restaient sur sa veste étaient boutonnés tout de travers. Dans cet accoutrement de clochard, il pouvait très bien passer pour un prisonnier en cavale. Mais, en le regardant plus soigneusement encore, on remarquait que ses vêtements étaient entièrement maculés de peinture, des taches fraîches se mêlant à de plus anciennes. Il dégageait une sorte d'indiscipline, de non-conformisme, mais aussi de distinction dont on ne savait si elle émanait de toute sa personne ou de son seul visage. Ses yeux étaient à la fois fiévreux et mélancoliques. Était-ce un peintre tombé dans la misère ? Comment, dans ce cas, pouvait-il s'offrir un voyage en couchette de luxe ? Et puis pourquoi trimballait-il cette fameuse caisse ? Je ne disposais d'aucun élément qui m'aurait permis d'y voir clair. Une curiosité et une inquiétude indéfinissables m'ont poussé à lui demander :

– Qu'est-ce qu'il y a dans cette caisse ?

Il a sursauté.

– Vous m'avez fait peur ! Vous ne dormiez pas ?

Il avait pâli sous le coup de l'émotion. Cette caisse devait sûrement contenir quelque chose d'extraordinaire.

Comme tout à l'heure, il m'a jeté un regard lourd de sens et m'a dit :

– Répondez d'abord à ma question, on parlera après.

Voilà que c'était lui qui me questionnait ! Avant même que j'aie pu ouvrir la bouche, il me demandait avec assurance :

– Vous êtes bien écrivain ? Je ne me trompe pas, hein !

Je n'ai pas su quoi répondre. A cette époque, on pouvait se demander si le terme d'« écrivain » était un titre de gloire ou un sujet de honte. Je me suis forcé à sourire et j'ai dit :

– Avant, j'ai bien écrit des choses.

– C'est bien ça, je vous avais tout de suite reconnu.

Il s'est détendu d'un seul coup et son anxiété a disparu comme les rides à la surface de l'eau. Il s'est redressé.

– Vous ne pouvez pas me connaître, je suis un de vos lecteurs. Autrefois, je voyais souvent votre photo dans les journaux, j'ai même lu des critiques sur vos livres. Ce que vous écriviez était toujours poignant…

Ces quelques mots évoquant le passé avaient suffi à nous rapprocher. J'ai pensé que tous mes soupçons à son égard étaient injustifiés.

– Tu…

J'avais envie de lui poser des questions.

Il sortit de sa poche un paquet de cigarettes tout écrasé dont il extirpa un mégot qu'il avait précieusement gardé. Il l'alluma, aspira deux grandes bouffées, recracha violemment la fumée et, derrière l'épais nuage qui brouillait tout, il me dit :

– Je vais vous raconter une histoire !

Son regard avait quelque chose de provocant. Il a montré la caisse du doigt en disant :

– Vous aimeriez bien savoir ce qu'il y a là-dedans ! Beaucoup de moi-même... Mais toute cette histoire, je ne la raconterais pas à n'importe qui... A vous, c'est différent...

J'ai lu dans ses yeux comme de la confiance.

La confiance des autres est pour un auteur le bien le plus précieux. Écrivain attentif à la réalité des choses, il arrive qu'on soit confronté à ce genre de situation : un inconnu, plein d'une sorte de dévotion, vous ouvre soudain les portes de son cœur. Il le fait comme si vous étiez le seul être doué d'attention et de compréhension vraies. C'est ainsi que vous sont alors données les clefs d'une vie.

A ce moment-là, il a détourné la tête, et ses yeux d'un gris cendré fixèrent par-delà la fenêtre l'obscurité profonde, le ciel glacé et la terre enneigée. Après ce long regard, il se retourna vers moi ; ses yeux avaient changé. Ils étaient brûlants, avides et brillaient comme si des émotions longtemps étouffées allaient se libérer. Il éteignit son mégot, entre le pouce et l'index.

– Voilà...

Son histoire commençait. Ces années-là, personne n'avait été à l'abri des événements dramatiques qui avaient bouleversé notre pays. J'avais entendu toutes sortes d'histoires terribles. Je me croyais blasé mais le récit de mon compagnon de voyage a provoqué mon intérêt, éveillé ma compassion.

Il m'avait autorisé à raconter sa vie. Pour sa sécurité, c'est seulement maintenant, une bonne dizaine d'années plus tard, que je prends le risque de la transcrire. Je n'ai compté que sur ma mémoire pour la retracer fidèlement.

Chapitre deux

Ah ! putain de vie ! Ne soyez pas choqué. Quand je pense au passé, je ne sais pas pourquoi, ce sont ces mots-là qui me viennent.

C'était au début des années soixante. Je venais de sortir diplômé de l'Institut d'art de Pékin. Je m'étais spécialisé dans la peinture à l'huile et, sans me vanter, je faisais partie des meilleurs. Je m'attendais à être affecté aux services administratifs de l'école, à ceux de l'édition ou encore à celui de la recherche, enfin... dans un de ces départements qui m'avaient d'ailleurs réclamé. J'étais allé me renseigner avec une camarade de cours que j'aimais tout particulièrement. J'étais peut-être aussi sur la liste d'attente des professeurs assistants.

A cette époque, je débordais de vitalité. Je brûlais d'envie de me faire une place dans la société. « Portons-nous au-devant de la vie, les pinceaux à la main. » Je me répétais ces mots d'un air béat toute la journée. Mais quand j'ai eu en main mon ordre d'affectation, je me suis retrouvé comme un imbécile : Usine n° 2 de céramique et de porcelaine, district de Qianxi ! C'est ce que j'ai lu sur la convocation. Un endroit ridicule, objet de toutes nos plaisanteries d'étudiants. J'ai d'abord cru à une erreur. Je suis allé vérifier sur la liste des affectations et j'y ai lu bien distinctement mon nom – Hua Xiayu. Tout s'est brouillé devant mes yeux. Mes rêves, mes ambitions, mon avenir, mes projets et même mon amour : tout était balayé par ce bout de papier.

Dans la salle d'attente de la gare de Pékin où j'attendais le train pour Qianxi, j'étais encore sous le choc. Je n'arrivais pas à y croire. Pourquoi ? Comment était-ce possible ? Que s'était-il passé ?

Sur le moment, j'ai soupçonné le directeur du département de peinture d'être l'instigateur de ce sale coup qui faisait de moi la victime du système aveugle et inhumain d'attribution de postes. Nos opinions sur l'art étaient diamétralement opposées. Lui pensait que l'art relevait du domaine du savoir et moi de l'inné. Nous avions d'incessantes prises de bec. Pour mon malheur, la majorité des étudiants se rangeaient de mon côté et son amour-propre était mis à rude épreuve... Comment dans ces conditions aurait-il supporté de me garder ? Mais, tout de même, c'était indigne de lui. Tout serait arrivé parce que je n'avais aucun point commun avec lui... Putain ! Qui aurait pu imaginer... Voilà que je redis ce mot-là !

La vie commençait à me malmener. On m'exilait dans un trou perdu et, à ma descente du train, il n'y avait personne pour m'attendre. J'ai dû porter mes bagages tout seul. Plus j'avançais, plus ma colère montait. J'ai même failli plusieurs fois revenir sur mes pas.

Je me suis arrêté devant la porte de la fabrique et j'ai jeté un coup d'œil dans la cour. Quelle surprise ! J'ai laissé tomber mes bagages et je suis resté cloué sur place en découvrant ce qui m'entourait... Des milliers d'objets à l'état d'ébauche, prêts à être chargés dans le four, occupaient une grande partie de la cour. Ces ébauches de vases, de cruches, de bouteilles, de jarres et de vasques aux couleurs pourpres et blanches recelaient une sorte de beauté sauvage, naturelle, primitive. Les ouvriers affectés au four travaillaient tous torse nu. Leurs dos souples et musclés, si longtemps exposés au soleil, étaient noirs et luisants de sueur. Le mur, derrière le four, formait comme un décor peint de tons jaunes et rouges. Je n'avais jamais vu de couleurs dont la pureté et la luminosité s'allient à tant de violence. Les couleurs de la vie sont rarement aussi impétueuses. C'était tellement nouveau, tellement particulier que je me suis demandé comment on pouvait ne pas aimer cet endroit... Je me suis précipité au bureau d'accueil de l'usine.

Le secrétaire du comité du Parti de cette usine s'appelait Luo Tieniu. Il m'a fait penser à un boutiquier. Il était petit, un peu voûté et ratatiné comme une vieille chaussure. Son comportement à mon égard était étrange. Son amabilité apparente cachait peut-être autre chose. Il m'a fait voir le four, puis les ateliers. J'allais vers tous les ouvriers avec confiance et sympathie. Aucun d'eux n'a répondu à mon salut. Un jeune homme me lança un coup d'œil curieux, mais baissa aussitôt les yeux et reprit son travail. Les plus vieux n'avaient même pas levé la tête. J'ai cru que les gens de ce trou perdu avaient toujours cette attitude de méfiance vis-à-vis des étudiants venus de l'extérieur. En fait je me trompais lourdement, ils ne se comportaient pas ainsi avec tous les étrangers.

Si vous n'avez jamais travaillé dans une usine de porcelaine, vous ne pouvez pas imaginer à quel point ce monde est surprenant ! Pour réaliser un bol tout à fait ordinaire, on doit effectuer plusieurs dizaines d'opérations, et je ne parle même pas d'une cruche ou d'une bouteille ! Chaque étape nécessite des recherches, des manipulations difficiles, toutes recèlent des mystères. Les jeunes filles qui travaillaient à la fonderie transvasaient dans les moules plus de cinq cents tonnes de pâte à porcelaine par jour. Les foyers du sous-sol, destinés au séchage rapide des moules, transformaient les ateliers en étuve. En été, il faisait si chaud que même les jeunes filles en âge d'être mariées travaillaient torse nu sans aucune gêne. Des gens disent que, dans chaque objet en porcelaine, il y a la sueur de celui qui l'a fabriqué. Il faudrait plutôt dire que c'est la sueur de ces ouvrières-là qui donne sa beauté à une porcelaine !

Dans l'atelier des moules j'avais remarqué un vieil homme, grand et vigoureux, en train de fabriquer un vase. Il avait posé un morceau d'argile malléable sur le tour que ses pieds, appuyés sur l'axe en pierre, mettaient en mouvement. Il avait les mains levées mais je ne voyais pas exactement ce qu'il faisait. Soudain un grand vase d'un modèle ancien a surgi d'entre ses doigts comme avec insolence. Cet endroit ne ressemblait pas à Jing Dezhen* où l'on recherchait la perfection dans la régularité et la minutie. Ici on appréciait plutôt cette vigueur, même maladroite, cette expression virile qu'on retrouvait dans les vases du vieil homme. Chacun était unique, et tous plus puissants et vivants les uns que les autres. J'étais ému par son savoir-faire et je n'ai pu m'empêcher de lui demander :

– Maître, comment avez-vous fait ?

Ma question pourtant admirative n'a pas eu l'air de lui plaire. Il s'est retourné et m'a dit d'un ton tranchant :

– Avec les mains !

Cette phrase m'est restée en travers de la gorge. Je me suis dit que je n'adresserai plus jamais la parole à ce type. Ne croyez pas que je l'ai fait. Je n'ai jamais été rancunier ; le temps passe et j'oublie.

Le secrétaire Luo a appelé un jeune homme grand et mince, à l'air doux. Sa peau était aussi lisse que de la soie et tout son visage souriait légèrement. Il s'appelait Luo Jiaju. Il était le chef de la section de peinture à laquelle j'allais me joindre. J'étais plutôt content. C'était la première personne chaleureuse que je rencontrais ici. Il m'a conduit derrière la cour pour voir le dortoir. Il tenait absolument à porter mes bagages. Il m'a dit que, depuis qu'il savait que j'allais arriver, il brûlait d'impatience de me connaître pour

---

* Capitale de la céramique chinoise depuis le IIe siècle de notre ère.

me saluer comme un maître. Ses paroles avaient un accent de sincérité. A l'Institut, j'avais souvent été l'objet d'une estime sincère de la part des peintres amateurs.

J'ai compris plus tard que Luo Jiaju n'était pas n'importe qui dans l'usine. Il était non seulement le neveu du secrétaire Luo mais il passait aussi pour un lettré. C'était un jeune homme extrêmement intelligent, entré à l'usine à l'âge de dix ans. Son expérience technique des couleurs était comparable à celle des vieilles femmes qui possèdent l'art savant de l'alchimie culinaire. Il savait faire des croquis, des cartes, peindre des aquarelles, calligraphier dans les styles *caoshu* et *lishu*. Il avait tout appris tout seul. Dans ce district, même avec deux imbéciles, on n'obtenait que la moitié d'un sage. D'après ce que j'ai pu constater par la suite, il comptait davantage sur son opportunisme que sur ses dons pour réussir...

Luo Jiaju me dit en désignant un bâtiment en ruine :

– Ne vous formalisez pas. Ici il n'y a pas de dortoir pour les ouvriers parce qu'ils sont tous du pays. Il y a quelques années, on avait fait venir de Qin Huang Dao quelqu'un de ma famille qui cherchait du travail, c'était aussi un peintre, il n'avait pas d'endroit où loger et il s'est installé là. Après son départ, il est resté tout un tas de cochonneries. Quand j'ai appris votre arrivée, on a juste eu le temps d'enlever ce qui était dehors. Il en reste encore pas mal à débarrasser à l'intérieur...

J'ai jeté un coup d'œil dans la baraque. On pouvait difficilement imaginer que quelqu'un avait habité là. La pièce faisait à peine dix mètres carrés. Le sol était en terre battue jaune et le crépi des murs était presque entièrement tombé. Le plafond n'avait pas été terminé et on voyait apparaître des chevrons noirâtres faits de fibres de feuilles de bananier et d'écorce. Il n'y avait pas de porte, on fermait l'entrée avec des planches. Une odeur de renfermé et de poussière imprégnait fortement l'atmosphère de ce réduit. Il y avait quelques meubles rudimentaires et, sur le bord de la fenêtre, un écran de branches aux feuilles encore vertes... Vous pensez peut-être que je devais être hors de moi ? Eh bien non, je suis de ceux qui n'attachent aucune importance à ce genre de choses. Si je devais choisir entre un palais ou une cabane au fond des bois, je choisirais sûrement la cabane. La nature suscite en moi des sensations infinies et inépuisables qui renouvellent mon inspiration. Tout ce qui comptait était au-delà de la fenêtre. De mon réduit, j'apercevais la grève immense du fleuve, je pouvais contempler la campagne déserte et silencieuse. Je me sentais en harmonie avec la nature. Cela suffisait à me rendre heureux.

Il est vrai qu'à cette époque je n'avais qu'une vingtaine d'années. Je venais de sortir de l'Institut d'art mais je n'étais pas pour autant un artiste. Ma sensibilité avait besoin d'être nourrie par tout ce qui m'entourait. N'importe quel objet peut briller, respirer, émettre un son. Il y a de la vie dans un rayon de soleil, dans le vent, dans l'ombre frémissante des arbres et même dans un minuscule grain de poussière qui flotte en scintillant dans les airs. La nuit est presque plus colorée et plus riche d'impressions que le jour.

J'aimais bien les gens de la fabrique. Pas seulement parce qu'ils composaient un tableau vivant quand ils travaillaient, mais aussi pour leur mentalité fruste et terre à terre. Ce trait de caractère rendait leur visage intéressant à dessiner. J'ai souvent éprouvé à leur égard un élan de sympathie difficile à contenir.

Mais, si j'étais peu à peu séduit par eux, ils ne l'étaient pas du tout par moi. Excepté Luo Jiaju, personne ne m'adressait la parole. Je leur avais bien proposé de faire leur portrait, mais aucun n'avait accepté. D'habitude, les gens de la campagne sont très contents quand quelqu'un leur offre leur portrait. Mais pourquoi, eux, m'évitaient-ils toujours ?

Un matin où, penché au-dessus du robinet, je me brossais les dents, Cui Dajiao, le chauffeur de l'usine, s'est approché de moi. Il m'a brusquement tapé sur l'épaule et m'a dit de sa voix forte et vulgaire :

– Alors, c'est toi le contre-révolutionnaire ?

Il n'avait pas l'air de blaguer. Abasourdi par sa question, je n'ai pas réagi tout de suite. Le temps que je prenne mon verre et me rince la bouche, il était déjà parti en roulant des mécaniques.

Cui Dajiao n'était pas très malin mais ses paroles n'étaient pas des paroles en l'air. Je n'ai pas pu m'empêcher de le rattraper pour en savoir plus. Devant mon insistance, il m'a fixé avec des yeux furibonds :

– Ne fais pas l'imbécile, à l'usine, tout le monde est au courant, on t'a envoyé chez nous pour te rééduquer !

A voir son attitude, il me prenait vraiment pour un criminel, coupable des pires méfaits. Brusquement tout est devenu clair : la liste des affectations, la fausse courtoisie du secrétaire Luo, la façon dont tout le monde m'évitait, tout cela avait donc une raison. Mais je n'avais rien fait, moi ! Il est vrai qu'après 1957*, beaucoup de drames avaient été provoqués par des dénonciations. Est-ce que j'avais tenu en privé des propos répréhensibles ? A qui ? Et qu'avais-je pu dire ? Mon Dieu, qui peut se souvenir de tout ce qu'il a dit dans sa vie ? Maintenant cela n'avait plus d'importance. J'étais effondré. Dans l'ombre, quelque chose que j'ignorais me poursuivait, influait sur ma vie, me menaçait. J'ai été pris d'une angoisse terrible qui ne m'a plus jamais quitté.

Sous le poids de cette menace, mon attitude vis-à-vis de mon entourage a changé du tout au tout. Si les gens étaient distants avec moi, c'était à cause de ce que j'avais peut-être fait ou dit. Aussi, je ne voulais plus avoir affaire à personne. Je finissais par croire que j'avais vraiment commis un crime. Cette idée m'obsédait. Peu à peu, j'ai perdu l'intérêt esthétique que je portais à tout ce qui m'entourait. Ma vie de tous les jours perdait son attrait. Pendant la journée il y avait le travail, et, à la sortie de l'usine, c'était un homme écrasé de solitude qui rentrait s'enfermer chez lui. Je n'avais plus goût à rien. Mes pinceaux étaient si secs qu'ils ressemblaient à des poinçons. Par moments, je me disais : « Il faut peindre à tout prix ! » mais ce que

* Campagne antidroitière de 1957. Est « droitier » tout intellectuel qui s'est exprimé librement à l'occasion de la campagne des « Cent Fleurs » (1956).

montraient mes toiles n'avait ni âme, ni esprit, ni souffle. Il n'y avait plus rien. Quand j'avais fini mon œuvre, je n'avais même pas envie d'y jeter un regard.

Pendant cette période, la contemplation de ce qui se trouvait au-delà de la fenêtre a été mon seul divertissement, mon unique consolation. J'avais calé mon oreiller avec des livres afin qu'il soit très haut et que mon regard puisse embrasser exactement les contours de la fenêtre. N'importe quel encadrement de fenêtre peut devenir le cadre d'un tableau vivant. Dans le mien, je pouvais voir une antique rivière, aux eaux sombres et chargées, qui se perdait à l'horizon. Son lit était peu profond et jamais aucun bateau n'y circulait. Le limon desséché des berges était tellement cuit par le soleil qu'il était devenu une sorte de croûte dure et cette carapace s'était fendue de mille crevasses aux dessins profonds. A certains endroits plus escarpés, la berge, complètement mise à nu et ravinée par l'eau, laissait apparaître des affleurements de pierres éclatées. L'herbe rabougrie des rives était jaunie par la sécheresse. Plus loin, des digues surplombant la rivière s'évanouissaient dans les contours brumeux d'une plaine stérile, immense et froide, où flottaient de grandes nappes de sel. D'un côté du cadre, cette plaine disparaissait dans le brouillard, on n'en distinguait pas les limites, même par beau temps. De l'autre, le regard pouvait porter à vingt kilomètres avant d'être arrêté par la ligne sombre et trapue d'une forêt dont l'orée se dressait comme un mur mystérieux. Des oiseaux s'en échappaient, emportés par les rafales pluvieuses d'un vent violent. Les nuées de corbeaux qui la survolaient parfois étaient éclaboussées de reflets cristallins. Tout cela retenait mon attention. Les oiseaux apportaient avec eux un peu de bruit et de vie dans le cadre immense et désolé du paysage. Ils faisaient naître en moi des envies de liberté, de bonheur, d'indépendance. Cet état d'âme me remplissait d'une douce mélancolie qui me consolait un peu. Puis les oiseaux s'enfuyaient loin, très loin, et mon cœur partait avec eux.

Qui aurait envie d'être mon ami, qui voudrait partager une vie aussi grise ?

Chapitre trois

Un mois s'était écoulé depuis mon arrivée à la fabrique. Ce jour-là, j'étais en congé et j'avais traîné au lit. J'avais fini par me lever pour pousser la porte, l'esprit vide, quand une forme bizarre a surgi devant moi. J'ai sursauté. Un chien, un grand chien à l'air féroce ! Son pelage était entièrement noir et l'on distinguait à peine son museau. Il avait de longues oreilles tombantes, une langue rose et molle qui pendait de sa gueule et tressautait au rythme de sa respiration haletante et courte. Seuls les chiens méchants respirent ainsi. Il ne grognait pas, n'aboyait pas, il restait là, assis, sans bouger, en sentinelle imposante.

Je voulais sortir pour aller chercher de l'eau. Je devais donc franchir la porte, ma bouteille Thermos à la main, aller et revenir, devant ce chien. Nous nous sommes jaugés du regard pendant dix bonnes minutes, sans qu'il manifeste la moindre intention de reculer. J'ai essayé de m'en sortir en le contournant. D'après ce que j'avais appris sur les chiens, quand j'étais petit, à la campagne, moins on s'intéresse à eux et moins ils s'occupent de vous. Mais cet animal-là cherchait visiblement à me provoquer. Je suis sorti sur le pas de la porte. Il n'a pas bronché. J'ai fait deux pas sur le côté et, à ce moment, il s'est levé nonchalamment et il a fait, lui aussi, deux pas sur le côté pour venir se planter devant moi. J'ai voulu passer de l'autre côté mais il m'a barré la route de la même façon. Que penser, sinon qu'il ne voulait vraiment pas me laisser sortir. Je ne savais plus que faire. Si je ne le regardais plus, qu'allait-il se passer ? Soudain, j'ai entendu un grand éclat de rire. C'était cet imbécile de Cui Dajiao, appuyé contre le mur en brique de l'atelier, qui me regardait faire, l'air moqueur. Ça m'a rendu furieux. J'ai posé le Thermos et j'ai crié au chien : « Mais qu'est-ce que tu fous là ? Tu cherches des coups, c'est ça ? » Je me suis retourné et j'ai pris le grand manche à balai, près de la porte. Juste à ce moment-là, j'ai entendu un cri rauque : « Arrête ! »

C'était Luo Zhanggui, le vieux des ébauches qui m'avait si magistralement rivé mon clou le jour de mon arrivée. Il avait débouché de mon côté et rabrouait le chien :

– Fiche le camp, Le Noir !

Le chien a reculé de quelques pas et j'ai invité Luo Zhanggui à rentrer. C'était la première fois qu'il franchissait ma porte. Je voulais lui offrir du thé, mais... je lui ai montré, d'un air navré, mon Thermos vide, et le chien qui se tenait devant la porte. Luo a dit en riant :

– Il ne faut pas avoir peur de lui, c'est un chien sauvage. Il ne vient pas souvent. Il va rester un moment puis repartir.

– Quand on le regarde comme ça, il n'a pas l'air sauvage.

– C'est vrai... Tu as plutôt le sens de l'observation, toi, et comment t'en es-tu rendu compte ?

– Une impression.

Aux Beaux-Arts, les étudiants avaient en permanence ce mot-là à la bouche.

Luo Zhanggui a froncé les sourcils en regardant le chien.

– Qu'y a-t-il ? lui ai-je demandé.

– Rien. Avant, c'était un chien domestique. Il appartenait au fabricant de peinture de la rue Er Dao. A l'époque il avait le poil luisant, son maître prétendait qu'il le brossait avec un peu de graisse. Et puis il y a deux ans, au moment de la famine, le chien est devenu une bouche en trop à nourrir. Son maître s'en est alors débarrassé de façon cruelle. Il l'a d'abord emmené jusqu'à la scierie, et certainement plus loin encore. Puis il est rentré chez lui, mais le chien était là le premier. Alors, il a recommencé et, cette fois, pour être sûr de ne plus le revoir, il l'a carrément attaché avec une chaîne au pilier d'un monte-charge, dans une briqueterie, au diable. Une nuit où il pleuvait à verse, le chien est revenu, trempé comme une soupe et le cou tout ensanglanté. Il avait réussi à briser sa chaîne ! Le jour de son retour, il s'est terré au fond du magasin et il est resté là sans bouger. On avait beau l'appeler, il ne venait pas. Il ne touchait pas non plus à la nourriture qu'on lui apportait. Au bout de quelque temps, il a commencé à véritablement crever de faim. Il a alors accepté de manger un peu, mais pas beaucoup. Quand il était trop affamé, il préférait aller chercher de quoi manger à l'extérieur. On aurait dit qu'il avait décidé de ne plus être une bouche inutile dans cette maison. Qu'est-ce que tu en dis, tu ne trouves pas cette bête intelligente ?

– Comment est-il devenu sauvage ? lui ai-je demandé, intrigué par l'histoire de ce chien.

– L'année dernière le fabricant de peinture et sa famille sont partis à Tangshan. Dans les grandes villes, les gens n'ont pas pour habitude de nourrir les chiens. Il l'a forcé à boire de l'alcool pour le soûler. Puis il l'a laissé dans un coin et s'est sauvé. Quand le chien s'est réveillé, il n'y avait plus personne. C'est comme ça qu'il est devenu sauvage. Il court la campagne toute la journée et rentre dans les cours pour chaparder. Il vient souvent à la fabrique, derrière la cantine où on jette des restes. Au début Cui Dajiao le chassait. Puis, un jour, le chien a mordu un voleur, alors on a pensé qu'il pouvait se rendre utile et on ne l'a plus chassé. Il vient quand il veut, il part quand il veut.

– Pourquoi personne ne lui donne-t-il à manger ?

– On a bien essayé, le secrétaire Luo et nous tous, mais il a refusé. Son ancien maître l'a traité trop durement. Il n'a plus confiance en l'homme.

Luo Zhanggui a eu ce large sourire plein de sous-entendus qu'ont souvent les gens âgés.

– D'après ce qu'on dit, il est très difficile d'apprivoiser à nouveau un animal qui est redevenu sauvage, à plus forte raison un chien aussi intelligent que celui-ci. C'est fichu…

– Comment s'appelle-t-il ?

– Le Noir ! C'est le marchand de peinture qui lui a donné ce nom-là.

J'ai regardé Le Noir, ce chien au caractère singulier, à l'histoire si mouvementée. Je ne le voyais plus du même œil. Cet animal au pelage dégoûtant cachait une sorte d'humanité qui aurait ému n'importe qui. Son destin malheureux ressemblait tellement à celui d'un homme !

– Le Noir, viens !

Je l'ai appelé. J'avais déjà moins peur de lui. Je lui avais parlé sur un ton familier comme si je m'adressais à un homme. J'ose le dire, ce chien était tout à fait extraordinaire, il avait des réactions presque humaines.

Dès qu'il a entendu ma voix, il s'est levé, il a fait deux tours sur place et s'est rassis. Il n'avait déjà plus son air féroce du début.

– Ne t'occupe donc pas de lui, m'a dit Luo Zhanggui. Tout le monde dit que tes peintures ne sont pas mal : j'aimerais bien les voir.

J'étais surpris d'être soudain l'objet de tant d'intérêt. Je me demandais ce que cachait sa visite.

Vous n'imaginez pas à quel point tout ce qui touche la fabrication de la porcelaine est jalousement gardé. Les ouvriers de cette usine appartenaient tous au clan des Luo. Il était impossible à ceux qui ne portaient pas ce nom de s'intégrer à une équipe et de travailler là. Ainsi, les secrets de fabrication n'étaient jamais divulgués à l'extérieur. Seul Cui Dajiao était étranger au groupe, mais comme il était un peu niais et ne s'occupait pas de porcelaine... Les chefs de l'usine étaient Luo Zhanggui et Luo Jiaju. Le minutieux travail de décoration de Luo Jiaju ne m'intéressait pas beaucoup. En revanche, celui de Luo Zhanggui, qui devait à la fois faire des moules et superviser la cuisson des couvertes, me fascinait, surtout lorsqu'il s'agissait des couvertes peintes. Leurs couleurs, après la cuisson, n'étaient plus du tout les mêmes, elles étaient devenues autres. Elles avaient subi les effets magiques du four sur lesquels on n'avait plus aucun pouvoir ! Le goût, l'imagination de l'artiste, sa sensibilité : tout se révélait au feu. Parfois on éclaboussait le dessin d'un poisson avec quelques gouttelettes d'eau, on montait la température du four, et lorsqu'on sortait l'objet ce poisson banal était devenu l'esquisse d'un bateau et les gouttes d'eau s'étaient métamorphosées en flocons de neige abondants et denses. Je n'aurais jamais imaginé que les dessins des porcelaines anciennes étaient issus d'une alchimie aussi mystérieuse.

J'avais envie d'apprendre cette technique avec Luo Zhanggui et je n'avais absolument pas l'intention de continuer à barbouiller jour après jour des lignes bleues sur le bord des bols. Je m'inquiétais de savoir ce qu'en dirait Luo Jiaju. Il était difficile de deviner ce que dissimulait son sourire en coin.

Le jour où je suis arrivé dans l'atelier de Luo Zhanggui, il m'a aussitôt mis à l'épreuve. Il m'a demandé de déplacer une ébauche d'un mètre de haut, qui venait tout juste d'être tournée. Pour montrer ma bonne volonté, je l'ai saisie à bras-le-corps.

Elle avait la forme d'un grand œuf vide et elle était sacrément lourde. Quand j'ai voulu la soulever du plateau, j'ai perdu l'équilibre et je me suis retrouvé par terre, entièrement couvert d'argile ! Tout l'atelier est parti d'un grand éclat de rire. Une véritable honte ! Un vieil homme est venu sans dire un mot ramasser rapidement l'argile qui restait sur le plateau et, en un clin d'œil, il a remodelé une grande potiche identique à celle que je venais de casser. L'agrippant de chaque côté, il l'a soulevé d'un seul coup, bien qu'elle pesât plusieurs dizaines de kilos. Puis il l'a posée à côté de moi et il est reparti, toujours sans rien dire, et moi j'étais là, debout, à côté de cette potiche, ridicule.

Luo Zhanggui m'intimidait. J'avais peur qu'il ne comprenne pas ma peinture et qu'il me méprise davantage encore. C'est la raison pour laquelle je lui ai d'abord montré tous les dessins de cascades, de fleurs et d'oiseaux des époques Song et Yuan* que j'avais reproduits à l'Institut d'art. Mais, curieusement, toute son attention s'est portée sur le travail des couleurs de mes peintures à l'huile. J'avais beaucoup modifié les dessins traditionnels et les couleurs étaient nettement plus denses. Il les a d'abord regardées avec l'air de quelqu'un qui cherche à déchiffrer une énigme. Il les a fixées intensément et, peu à peu, les traits de son visage se sont détendus. Soudain, il a donné deux coups secs sur la toile comme chaque

* Dynastie des Song : 960-1126. Dynastie des Yuan : 1260-1367.

fois que sortait du four un vase particulièrement réussi. Il lui donnait ainsi deux pichenettes pour manifester sa fierté. Enfin il est sorti sans dire un mot.

A ce moment-là, j'ai réalisé que le chien n'était plus devant la porte. Je suis sorti et je l'ai aperçu près du seuil, calé contre le mur, la tête tournée vers la pièce, animé d'un timide espoir. On aurait dit un enfant ! Je l'ai pris en pitié, le cœur empli de tendresse pour lui. Je n'ai pas essayé de le faire entrer, mais j'aurais voulu le prendre dans mes bras.

Luo Zhanggui m'en a empêché.

– Il traîne toute la journée dehors. Il est dégoûtant. Puis il a ajouté en fronçant les sourcils : C'est drôle, d'habitude, il répugne à s'approcher des gens. Chez toi, ça sent la peinture à l'huile, comme chez son ancien maître, ça doit être pour ça...

Curieusement, à partir de ce jour-là, Le Noir est venu me voir régulièrement. Je ne comprenais pas pourquoi. Il était ponctuel, surtout lors de mes jours de repos dont il se souvenait très bien ! Si j'étais occupé dans la maison, je n'avais qu'à tourner la tête pour le voir couché sur le seuil, le museau tendu vers moi. Visiblement il voulait se lier à moi ! Mais je ne savais pas comment l'amadouer. Même quand je lui offrais à manger, il refusait d'entrer. Plus j'insistais, plus il s'obstinait. Seule son ombre, projetée par le soleil, pénétrait dans la maison. J'avais l'impression qu'entre nous, la confiance n'était pas encore tout à fait établie. « Chat échaudé craint l'eau froide », ce dicton est tout aussi valable pour un chien !

J'avais pris une habitude : quand je le voyais arriver, je lui faisais un signe de la tête, comme à un vieil ami. Puis je retournais à ma planche à dessin et je ne le regardais plus afin d'éviter de l'effaroucher. Un jour, je suis resté une heure à dessiner sans bouger, sans le regarder une seule fois. Mais j'étais sûr qu'il était toujours à la porte. J'ai continué à peindre pendant deux heures encore et, en jetant un coup d'œil, j'ai vu son ombre ébouriffée se rapprocher lentement. Ma main tremblait et mon pinceau bavait tant j'avais peur qu'il ne se sauve. Et puis, j'ai senti des poils rêches et un poids s'appuyer contre mes pieds. Nous nous étions rejoints ! J'ai réprimé l'excitation qui me submergeait et j'ai peint, j'ai peint... jusqu'à ce que le soleil ait complètement disparu. J'étais épuisé. Je n'avais jamais été aussi fatigué d'avoir peint. Alors, doucement, j'ai baissé la tête et je l'ai vu, tranquillement endormi contre ma jambe. Je me suis laissé aller tout naturellement à cette douceur.

A partir de ce jour, j'ai eu un ami.

Cependant ce n'était pas vraiment un chien domestique. Il avait du mal à rester longtemps chez moi. Il disparaissait parfois dix ou quinze jours. Je ne savais pas où il allait, ni ce qu'il faisait, mais il revenait toujours car il savait que j'étais là, à l'attendre. Je n'exagère rien. Dès qu'il arrivait il se frottait contre moi, mordillait le bas de mon pantalon et me léchait les mains. Il passait toute la journée avec moi. On chahutait, et le soir il s'endormait à mes pieds. Quand il y avait du bruit dehors, il sortait inspecter les alentours, ou montait la garde toute la nuit sur le pas de la porte. Le Noir était extrêmement intelligent et retenait tout ce que je lui apprenais. Je lui ai montré une ou deux fois comment ouvrir la porte. Il a su très vite appuyer seul sur la poignée. Il entrait et sortait comme il voulait. Je lui disais « Donne la patte gauche », et c'est bien la gauche qu'il me donnait ! Il ne venait pas chez moi parce qu'il avait faim, car il se nourrissait habituellement des restes de la cantine. Les jours où il n'y en avait pas, je lui achetais à manger. Mais ce n'était vraiment pas pour cela qu'il venait me voir. Je lui caressais la tête en lui disant :

– Qu'est-ce que tu cherches quand tu viens ici ?

Il me regardait, inquiet, silencieux. Il avait l'air de me dire : « Tu le sais très bien, au fond. »

Chapitre quatre

La vie me destinait une personne avec laquelle j'allais avoir un lien plus fort encore et plus intime. Quand elle est apparue, Le Noir a perdu de l'importance à mes yeux. Elle s'appelait Luo Dune. On s'est aimés tout de suite. On s'est mariés aussitôt. Ce fut un coup de foudre dont les éclairs ont percé les nuages noirs et profonds d'un ciel d'orage et éclaboussé de lumière le monde entier.

Un jour, à la nuit tombante, Luo Jiaju est arrivé accompagné d'une jeune fille. Il m'a appris qu'elle était professeur de dessin dans un lycée de la préfecture, qu'elle avait entendu parler de moi et désirait me connaître.

Au début, elle m'a donné une impression délicieuse de douceur et de volupté secrète. J'ai d'abord remarqué ses jambes longues et minces, les joues rondes et sensuelles de son visage pourtant menu, son front large et bombé. Mais je n'étais pas parvenu à saisir une seule ligne nette qui aurait pu rendre compte de sa silhouette. C'est précisément ce qui m'a procuré cette sensation de jamais vu et me l'a rendue unique. Sa silhouette était floue comme l'esquisse inachevée d'un tableau. Elle aurait pu se fondre dans n'importe quel décor car les couleurs qui l'environnaient, la lumière, l'air même, tout s'accordait à ses moindres mouvements.

Je me souviens bien de ce soir-là. Je ne savais plus où donner de la tête. Je lui ai montré une peinture en bredouillant quelques mots. Je sentais seulement ma bouche se rétrécir et retenir tous les mots qui se bousculaient sur mes lèvres. Toutes mes idées tournaient et bourdonnaient en désordre dans ma tête. Elle n'a presque rien dit. Simplement, dans ses yeux aux longs cils souples et soyeux, pétillait une lueur vive, pure comme l'eau claire des ruisseaux à la fonte des neiges. Dès qu'elle a été partie, j'ai pris du rouge vermillon, de l'ocre, de la terre de Sienne et un vert vif que j'ai travaillés pour obtenir des teintes douces et tendres dont j'ai couvert le mur sombre. Toutes ces couleurs, c'était elle. Comme un mirage, elle était là et je suis resté toute la nuit à les regarder, hypnotisé.

Lors de la première visite, Luo Jiaju s'était assis à côté de moi mais j'avais complètement oublié sa présence. Les fois suivantes, Luo Dune ne lui a plus demandé de l'accompagner. Elle est venue seule m'apporter ses dessins.

On disait qu'elle avait vécu à Qingdao, et que son père les avait abandonnées, sa mère et elle. Après la mort de sa mère, n'ayant plus de famille à Qingdao, elle était venue vivre ici, chez sa tante paternelle. Elle avait déjà suivi deux années d'études secondaires à l'école d'art de Qingdao, mais c'était comme si elle n'y avait rien appris. Pas la moindre technique. Elle ne possédait pratiquement aucune base. J'irais même jusqu'à dire qu'elle peignait comme une petite fille, en dépit du bon sens, avec toutefois un goût très sûr. Quand elle tentait de m'expliquer ses dessins naïfs, elle était touchante ! Mais elle ne manquait pas de sens artistique. Ce que je déteste par-dessus tout, ce sont les palabres avec ces artistes qui possèdent la technique et manquent totalement de sensibilité. Toi, tu leur parles avec passion, et eux, ils te regardent, les yeux ronds, l'air bête, sans rien comprendre. Avec Luo Dune, c'était différent. Il suffisait de parler simplement, sans s'encombrer de subtilités fumeuses, sans même chercher à tout expliquer. Je parlais et elle saisissait le moindre détail. J'ai compris bien plus tard qu'elle était une de ces jeunes filles rêveuses aimant passionnément la poésie, la littérature, à la limite de la sensiblerie. Elle aimait Tourgueniev ; elle se prenait pour Lida ou pour Assia. Elle arrivait même, quand on marchait dans la grande rue, en ville, à me faire entrer dans son manège. C'était délicieusement ridicule ! Tous ses dessins exécutés à Qingdao étaient aussi imprégnés de cette atmosphère : les mouettes, les petites fermes dans la campagne, la maison de l'ingénieur où elle avait été élevée. Rencontrer une telle fille dans cette petite ville aussi hermétiquement close qu'une jarre scellée, cela tenait du miracle !

J'ai pensé que c'était le destin qui l'avait d'abord conduite ici, pour m'y amener ensuite et provoquer enfin notre rencontre.

Quand je corrigeais ses dessins, elle prenait un petit banc, s'asseyait à mes côtés et son regard allait du dessin à mon visage, avec une expression interdite, étonnée, et parfois pleine d'une adoration exaltée, comme si elle vivait un rêve éveillé... Très vite, au bout de cinq ou six rencontres, nous nous sommes sentis très proches l'un de l'autre. Elle me chantait des chansons, récitait des poèmes et dansait pour moi. J'étais assis et je la regardais donner libre cours à sa joie enfantine et se livrer avec innocence à travers ses danses et ses chansons. Je me sentais renaître d'un seul coup.

Elle aimait créer autour d'elle une atmosphère romanesque, vivant des émotions imaginaires qu'elle tentait de me faire partager. Elle aimait aussi, appuyée contre mon épaule, se raconter à voix basse des histoires qu'elle inventait avec talent. Elle aimait encore, quand elle avait une robe neuve, venir chez moi pendant mon absence et se cacher dans un coin ensoleillé de la pièce. Quand je rentrais, je la découvrais ainsi, immobile, dans le soleil, comme le personnage d'un tableau. L'art transfigure la banalité de la vie. Et si la vie se met à imiter l'art, je ne vois pas d'inconvénient à ce qu'il disparaisse ! Grâce à Dune, le monde exerçait sur moi une séduction toute nouvelle. Tout ce qui m'entourait s'était métamorphosé en une floraison de couleurs. Et mon pinceau renaissait. Poussé par un élan incontrôlable, je me relevais au beau milieu de la nuit pour peindre... peindre. Et je restais immobile, mon pinceau à la main. Il m'était déjà arrivé de peindre sous le coup d'une émotion. Mais là, il s'agissait d'exprimer ma passion. Je ne savais comment m'y prendre. Mon exaltation était trop grande.

Un soir qu'il pleuvait très fort, elle est restée plus tard que d'habitude. Je lui ai proposé de la raccompagner. Elle m'a regardé droit dans les yeux : « Tu me chasses ? » J'ai dû baisser la tête tant son regard était pénétrant. Il me brûlait. Combien de grands peintres ont essayé de saisir ce regard-là, cette flamme !

– Pourquoi ne me regardes-tu pas ? Sa voix n'était plus qu'un murmure tremblant. Elle semblait effrayée mais elle était décidée à surmonter sa peur.

– Il est tard, ils vont dire que tu...

Soudain, elle a agrippé mon poignet. Elle a violemment ouvert la porte et m'a tiré au milieu de la cour. Sous la pluie battante, elle a hurlé :

– Appelle-les, qu'ils viennent voir ! On s'aime et c'est comme ça !

Elle a levé la tête vers moi. Elle a plaqué ses lèvres sur les miennes... La pluie froide ruisselait sur nos visages brûlants. J'étais bouleversé.

Il fallait que je la mette à l'abri. Elle était complètement trempée, ses cheveux mouillés collés sur son front. Elle semblait toujours aussi décidée à rester avec moi mais sa peur, encore vive, la retenait. J'ai dû l'entraîner de force à l'intérieur. Et je n'ai pu résister plus longtemps à sa hardiesse, à sa volonté. J'ai senti le désir submerger tout mon corps. J'ai perdu le contrôle de moi-même. Mon courage s'en est trouvé décuplé. Je l'ai étreinte sur le lit. Elle cachait son visage de ses mains fragiles. Enfin, elle s'est offerte à moi.

Je ne suis pas un être inconséquent. A l'université, quand nous étions seuls, ma petite amie et moi, j'étais tellement « comme il faut » que j'en étais ridicule. Plus d'une fois nos visages se sont rapprochés. Nous étions comme électrisés et nous nous séparions immédiatement. Je ne sais pas pourquoi cette fois-ci j'ai sauté le pas.

Le lendemain, nous avons commencé à préparer les formalités du mariage. Apparemment personne ne s'y opposait mais, pour d'obscures raisons, notre demande était sans cesse repoussée. Par exemple, on trouvait la personne habilitée à rédiger les papiers, mais on avait perdu la clef du tiroir dans lequel ils étaient enfermés. Le lendemain, d'autres obstacles du même genre se dressaient devant nous…

Luo Dune n'est pas venue pendant trois jours. Le premier jour, je l'ai attendue. Le jour suivant, j'ai commencé à m'inquiéter et le troisième jour, j'ai envisagé d'aller la chercher. Notre histoire s'était passée si vite que je n'avais pas eu le temps de rencontrer sa famille. J'avais entendu dire que son oncle vendait des articles de papeterie à la coopérative du district et que c'était un homme peu accommodant. Quels problèmes avait-elle bien pu rencontrer ? Est-ce qu'on trouvait notre différence d'âge trop grande ?

Enfin, au soir du troisième jour elle est revenue, aussi volubile et souriante que d'habitude, mais à aucun moment elle n'a parlé de nos préparatifs. J'ai trouvé sa joie quelque peu artificielle. Elle avait les yeux rouges. Je lui ai demandé ce qui n'allait pas. Un voile de tristesse est passé sur son visage. Elle m'a dit :

– J'ai une seule question à te poser. Est-ce que tu as déjà commis une faute grave ?

– Mais non, jamais de la vie ! Que se passe-t-il ?

Son visage s'est détendu et j'ai senti que ma réponse l'avait soulagée.

Je lui ai demandé :

– Tu me crois, n'est-ce pas ?

Elle a posé sa tête sur mon épaule.

– Je te demande pardon mais je devais absolument te poser cette question. Je suis sûre que tu n'as jamais rien fait de mal, je ne veux pas te perdre !

Sa réponse m'a surpris. Pourquoi parlait-elle ainsi ?

J'étais bien trop stupide pour deviner quoi que ce soit. Notre intimité avait été si rapide, si spontanée que je n'ai pas pensé un instant à faire le rapprochement entre sa question et celle autrefois posée par Cui Dajiao.

Cette fois son absence a duré dix jours. Dix jours interminables. J'avais le sentiment d'être abandonné. Le monde était vide.

Le onzième, je l'ai entendue m'appeler. Je l'ai aperçue par la fenêtre, debout dans le terrain vague, dans sa robe jaune vif qui brillait au soleil. Elle me faisait un signe de la main en désignant quelque chose par terre. J'ai couru vers elle. A ses pieds était disposé un tas de chrysanthèmes coupés. D'un geste, elle m'a suggéré d'enlever les fleurs. Elle avait un air heureux et mystérieux. J'ai vivement écarté les fleurs et j'ai trouvé un papier. C'était notre attestation de mariage. J'ai pris ce précieux document, tout imprégné de l'odeur des fleurs et je me suis agenouillé dans l'herbe. Dune m'avait rendu malade d'amour. Elle s'est couchée à côté de moi et m'a dit :

– Si je meurs, tu m'enterreras comme ça, sous des fleurs de la même couleur que ma robe, et tu en recouvriras toute ma tombe...

J'ai mis ma main sur sa bouche. Elle l'a repoussée et m'a dit avec gravité :

– Mais tu ne t'en tireras pas si facilement... Quand tu m'auras enterrée, tu te suicideras.

Dans le même temps, elle a éclaté en sanglots d'une manière tout à fait inexplicable et, sans transition, elle s'est mise à rire. Elle m'a arraché l'autorisation des mains et elle a tourné autour de moi en chantant, dansant, hurlant :

– On a gagné ! Des larmes étaient restées accrochées à ses longs cils. On a gagné ! On a gagné ! Tu te rends compte ?

J'ai hoché la tête et j'ai ri. Je ne savais pas contre qui on avait remporté cette victoire ni quoi dire.

Presque toute la ville était au courant de notre mariage. J'ai appris que Dune s'était fâchée avec son oncle et sa tante pour m'épouser. Sa décision avait profondément peiné sa tante qui n'avait pas eu d'enfant et l'avait élevée comme sa propre fille. Cette brouille chagrinait beaucoup Dune et je l'en aimais d'autant plus. J'avais entendu dire que l'opposition de son oncle avait un rapport avec Luo Jiaju.

Lorsque je travaillais dans l'atelier de Luo Jiaju, nos relations étaient d'abord un peu tendues. Quand j'ai rejoint l'atelier de Luo Zhanggui, les choses se calmèrent tout à fait. Et puis je me suis souvenu que, le jour où Dune était venue chez moi pour la première fois, Luo Jiaju l'accompagnait. Était-il possible qu'ils... J'ai peu à peu réalisé que la famille de Dune s'opposait à notre mariage parce qu'elle aurait peut-être préféré la voir épouser Luo Jiaju.

Nous étions couchés, Dune et moi. J'ai tiré la couverture sur nos têtes.

– Ici, il n'y a que nous, Dune. La table, les chaises ne peuvent pas nous comprendre. Alors dis-moi : Luo Jiaju t'aime-t-il ? Attention, mentir c'est trahir !

Elle est restée silencieuse. J'entendais seulement le rythme particulier de son souffle.

– Tu l'as aimé ? Dis-moi la vérité.

Elle a retenu sa respiration un moment.

Sans répondre à ma question, elle a simplement dit :

– Je n'aime que toi, que toi ! Et pour toujours...!

Elle avait parlé très vite, sans me laisser le temps de placer un mot. Elle m'a étreint en pressant violemment sa bouche contre la mienne. Nous nous sommes embrassés un long moment. Elle était d'une sensualité étonnamment libre et directe.

A la fabrique, Luo Jiaju arborait toujours son sourire impénétrable, mais j'ai senti que nos relations se détérioraient. Son regard se dérobait et il m'était impossible de deviner ce qu'il pensait. Un jour, en le croisant, il m'a dit sur le ton de la plaisanterie :

– Le jour de ton mariage, je viendrai faire le chahut dans ton nouveau foyer.

Pouvait-il vraiment se montrer si magnanime ? J'étais aussi étonné que touché par son attitude.

Dès lors, j'ai mis toute mon énergie à préparer mon mariage afin que tout se déroule pour le mieux. J'ai demandé à Luo Zhanggui l'autorisation de fabriquer quelques assiettes peintes à mon idée. Il était compréhensif et a accepté. Il m'accordait là un privilège exceptionnel car, à la fabrique, les modèles étaient définis une fois pour toutes. J'avais bien étudié la nature et les propriétés de la couverte ainsi que ses réactions. Je me suis donc appliqué à dessiner des modèles originaux pour huit porcelaines. J'ai d'abord pris le dessin du « Singe sur le bœuf » quelque peu modifié. Le singe, c'était Dune, et le bœuf, c'était moi. J'avais pensé à ce thème pour taquiner Dune, elle qui prenait tant de plaisir à m'asticoter. Il me restait encore sept assiettes à faire. J'ai tout simplement mélangé plusieurs sortes de couvertes puis, avec un bambou, j'ai exécuté des dessins tantôt figuratifs, tantôt abstraits, au gré de mon inspiration. J'ai même osé en décorer une d'une spirale dont le cœur n'était pas exactement au centre et qui lui donnait un air bancal. Quand j'ai mis toutes ces assiettes dans le four, je ne savais pas du tout de quoi elles auraient l'air en sortant.

Vous savez, un four est une immense boîte magique. On y place les objets à cuire et toute la réussite de votre création en dépend. La température varie de quelques centaines à plusieurs milliers de degrés. La cuisson, elle, peut durer une dizaine d'heures ou prendre plusieurs jours. Et quand on ouvre le four… c'est la surprise : une réussite étonnante ou un échec dramatique. On peut découvrir un objet d'un raffinement extrême ou tout juste bon à jeter, tout est possible ! Certains artisans sont accablés, d'autres fous de joie. Chaque œuvre possède son propre destin que nul ne peut prévoir, quel que soit le talent de l'artiste. Autrefois, avant d'ouvrir le four, les vieux artisans allaient brûler l'encens et solliciter les faveurs du Bouddha.

On avait décidé de se marier le jour-même où mes porcelaines sortiraient du four. Chacun prétendait que l'allégresse que j'avais mise à les faire allait disparaître à la cuisson. Cependant, quand on les a démoulées, j'étais sidéré... Un miracle avait eu lieu. Mais, au fond, c'était ce grand four tout simple, de terre jaune et de briques rouges qui l'avait accompli. On y met un pépin de poire et il nous rend une œuvre d'art !

La couverte de la porcelaine du « Singe sur le bœuf » était lisse et transparente comme si elle avait été travaillée à la peinture à l'huile. J'ai cru que le singe serait blanc. En fait il est ressorti jaune d'or, exactement de la couleur de la robe de Dune. L'émail coloré s'était étalé tout autour du dessin et lui avait donné l'aspect naturel d'un pelage. Un petit singe étincelant ! Quant au bœuf, je pensais qu'en cuisant il prendrait un ton jaune foncé uniforme mais, à sa sortie, il était blanc tacheté de noir et sa silhouette s'était précisée, affinée. Ce dessin où j'avais mis tout mon cœur n'était plus le même. Mais quel bœuf magnifique ! Le fond, à la cuisson, avait pris la profondeur d'un bleu de Sèvres et faisait ressortir la luminosité des deux animaux. Le jaune doré et soyeux du petit singe se mariait parfaitement aux teintes du grand bœuf. Toutes ces couleurs étaient cependant extrêmement légères, douces et délicates. Je n'aurais jamais imaginé obtenir des effets aussi subtils. Quant aux autres porcelaines, tout le monde s'accordait à dire qu'elles étaient uniques en leur genre. Celle sur laquelle j'avais dessiné une spirale était une réussite totale. Le mélange des émaux avait multiplié les couleurs dans un tourbillon de teintes nuancées. En le regardant, on avait l'impression de pénétrer au plus profond du monde. Toutes mes porcelaines étaient habitées d'une puissance et d'une beauté brutes. Je ne saurais pas mieux vous les décrire car je n'en ai jamais vu de pareilles. C'était tellement inattendu, j'en étais presque devenu fou de bonheur !

Je me disais : « Hua Xiayu ! Hua Xiayu ! Serais-tu de ces artistes qui vont puiser au plus profond d'eux-mêmes, inlassablement, cette inspiration féconde avec laquelle ils s'approprient le monde ? Mais ne crois-tu pas également que le hasard est un élément de l'acte créateur ? Ne faut-il pas aussi être capable de libérer l'art du carcan des règles qui l'enchaînent ? Ne penses-tu pas que le véritable artiste est celui qui dépasse les acquis de la tradition pour produire une œuvre originale et authentique ? Finalement, les instruments du peintre ne sont-ils pas sa seule véritable contrainte ? Et aujourd'hui, subitement, tu aurais compris tout cela ! »

J'ai découvert un monde, un monde infini.

Une phrase m'est revenue en mémoire. Une phrase de Picasso : « Le monde entier se déploie devant nous, impatient que nous l'inventions, non que nous le répétions. » Je suis resté, pendant une demi-heure, devant mes porcelaines, sans rien dire.

Luo Zhanggui est entré. Il s'est troublé en voyant mes œuvres. Il n'a pourtant fait aucun commentaire. Il a pris la porcelaine à la spirale. Il l'a tournée et retournée pour mieux l'examiner, puis il est parti.

Le soir même, je me mariais. Luo Zhanggui avait troqué ses habits de travail pour des vêtements propres. Il tenait dans ses mains un paquet enveloppé d'un tissu et de plusieurs épaisseurs de vieux papiers. Il en a sorti une céramique qu'il m'a remise. C'était un vase d'un blanc immaculé orné de feuilles de lotus. D'un côté les feuilles de lotus se dressaient en tournant légèrement sur elles-mêmes, de l'autre elles s'inclinaient en courbe douce, comme si un vent léger venait juste de les soulever. Ce frémissement donnait à cette céramique une vie singulière... Elle était parfaitement blanche. On distinguait seulement sur les bords quelques craquelures brunes, sans doute dues à l'usure. La qualité de la céramique était exceptionnelle, on aurait dit du jade. Et pourtant si on la retournait, on s'apercevait que le fond n'était que de l'argile grossière, rugueuse. Les bords du vase étaient irréguliers, tantôt épais, tantôt minces. L'ensemble dégageait une impression de vivacité et de sérénité. Même dans un musée, il était rare qu'on puisse admirer un tel objet. C'était un des chefs-d'œuvre que Luo Zhanggui avait fabriqués au cours de sa vie.

Il épiait mes réactions pour savoir si j'appréciais son cadeau à sa juste valeur.

Sur la table étaient exposés les cadeaux de mariage qui, selon la coutume de cet endroit, étaient tous des porcelaines. Les pièces les plus importantes de la dot de Dune étaient constituées de deux porcelaines vertes aux motifs floraux, transmis de génération en génération.

J'avais posé le vase de Luo Zhanggui sur la table, parmi les autres objets, qui en ont d'un coup perdu leur couleur. Il les éclipsait par son élégance. Quelle splendeur !

Luo Zhanggui était tout ému de mon excitation. Il m'a dit :

– Je suis de tout cœur avec toi !

Il fut particulièrement heureux ce soir-là.

Tous les ouvriers de la fabrique ont été très chaleureux avec moi. Ils m'ont aidé à installer ma pièce. Pour cacher les murs décrépis, je les avais entièrement recouverts de dessins de paysages, de fleurs, de natures mortes. Mon foyer contenait à lui seul tout ce qu'on peut trouver ici-bas.

Le secrétaire Luo n'est pas venu ce jour-là. Il a prétexté une réunion en ville pour décliner mon invitation. L'oncle et la tante de Dune ne sont pas venus non plus : la seule note triste de notre mariage. Quant à Luo Jiaju, il est arrivé avec la fille cadette de Cao Jiaxi, le secrétaire de district du Parti. Elle était jolie et Luo Jiaju, évidemment, prenait un air avantageux. La présence de cette jeune fille rééquilibrait nos rapports, et ce n'était pas négligeable. Dune, en proie à une excitation extraordinaire, montrait mes œuvres à tout le monde. Luo Jiaju, les voyant, en est resté pantois. Pour couronner le tout, Cui Dajiao, à qui l'alcool était monté à la tête, a déclaré :

– Dites, les gars de l'atelier de peinture, vous avez déjà vu quelque chose d'aussi réussi !

Luo Zhanggui n'a rien dit mais il n'avait pas l'air mécontent du tout. Le visage de Luo Jiaju est devenu cireux et tendu. Intentionnellement, il refusait de regarder mes porcelaines, comme si elles n'avaient pas d'importance. Chacun s'est mis à taquiner Dune. Il n'a pas pu s'empêcher de jeter un coup d'œil à mon œuvre pendant que personne ne faisait attention à lui. Comme j'étais très soucieux de l'état de nos relations, je l'observais tout particulièrement. Il était arrivé chargé d'un sac rebondi ; il avait certainement pensé m'offrir une porcelaine mais il ne l'a pas déballée, il est reparti avec. Jusqu'au moment de son départ, son visage est resté crispé. Il s'en est allé plein de rancœur.

Les hommes n'aiment pas reconnaître le talent des autres : il y a là quelque chose de trop dérangeant.

Mais, ce jour-là, j'étais trop heureux pour qu'une seule ombre puisse ternir ma joie. J'avais gagné Dune, j'avais réussi mes porcelaines. C'était la toile de fond sur laquelle j'allais enfin pouvoir construire ma vie. Que pouvais-je demander de plus ? Tout ne m'était-il pas offert ? Ce soir-là, j'étais bien l'homme le plus heureux du monde.

Un jour, un chauffeur m'a dit que, lorsqu'il conduisait, il se produisait parfois des coïncidences étranges. S'il était arrêté par un feu rouge, il le serait par tous et, même en accélérant, il continuait à l'être. Ça s'appelait de la malchance ! D'autres fois, il avait tous les feux verts. Il en était peut-être ainsi sur le chemin de la vie. Moi, désormais, je ne rencontrerai plus que des feux verts. La fête s'est terminée très tard. Les invités sont enfin partis. Au moment où Dune calait la porte pour la fermer, la poignée a bougé et une forme noire et indistincte a pénétré dans la pièce. Dune a crié. Elle s'est jetée dans mes bras. J'ai regardé, c'était Le Noir ! Venait-il, lui aussi, me féliciter ? J'ai dit à Dune de ne pas avoir peur, que c'était un ami et je lui ai raconté comment ce chien et moi nous nous étions rencontrés.

– Quand j'étais seul, il a été mon unique compagnon. Maintenant, tu es là et, bien que tu prennes toute la place, il ne faut pas oublier les vieux amis !

Dune s'est mise à me taquiner en riant. Elle a passé ses bras autour de mon cou.

– Je ne veux que toi, tous les autres je m'en fiche !

Alors j'ai dit au Noir :

– N'écoute pas cette sorcière, elle dit n'importe quoi. Avant c'était notre maison à nous deux. A partir d'aujourd'hui, ce sera notre maison à tous les trois. Elle et moi, nous habiterons à l'intérieur et toi tu t'installeras dehors, d'accord ?

Le Noir était encore un peu craintif. Il m'a écouté, m'a regardé sans paraître comprendre, puis il s'est approché de Dune pour la renifler. Enfin il a remué joyeusement la queue.

Il semblait tout à fait d'accord avec ma proposition. J'ai posé devant la maison un vieux morceau de feutre qui m'avait servi pour ma peinture. Il s'y est installé immédiatement et s'est endormi. Depuis ce jour, à chacune de ses visites, il dormait dehors. Je le traitais comme auparavant. Les jours de congé, je peignais et Dune s'occupait du ménage. Le Noir l'aidait en portant dans sa gueule la balayette ou d'autres ustensiles. Nous vivions dans une parfaite harmonie ! Pourtant, de temps en temps, j'étais envahi par une vague angoisse. Je ne sais pas si tous les hommes heureux ressentent cette sorte d'inquiétude indicible, irraisonnée.

Vous qui êtes écrivain, vous avez certainement dû vous interroger sur ce qui peut provoquer un tel sentiment. Avouez avec moi, quelles qu'en soient les explications, qu'il s'est trouvé parfois justifié.

Chapitre cinq

Dans notre petite sous-préfecture, la tendance politique des uns et des autres n'avait eu aucune importance jusqu'alors. A tel point que certains auraient été incapables de citer correctement le nom des dirigeants du Gouvernement central. Tout ce qu'ils savaient, c'est que Pékin se trouvait quelque part au sud, et l'image qu'ils se faisaient de la capitale se limitait, en gros, à l'illustration du timbre ordinaire de huit fen : la place Tian An Men et un dragon enroulé autour d'un pilier. Un jour de juillet 1966, on a entendu le fracas des gongs et des tambours dans la grande rue. Les gens sont sortis en courant pour savoir ce qui se passait. Il s'agissait de la « Décision en seize articles* ». Presque personne n'était au courant du contenu de ces fameux articles. Ceux qui battaient le gong ont ordonné de se mettre en rang pour défiler et tout le monde a fait le tour de la ville

* Elle définit l'extension de la Révolution culturelle aux campagnes et aux usines.

dans une cacophonie effrénée. La manifestation s'est achevée à la fabrique, où les murs avaient été recouverts de mots d'ordre peints grossièrement à la brosse. Chacun y est allé de son petit commentaire avant de repartir. Et moi, dans tout ce tumulte ? Comme dans le passé, chaque fois qu'il y avait eu un mouvement de masse de ce genre, je ne m'en étais pas mêlé. Tout ce qui m'intéresse, c'est l'art, la vie et ses couleurs. Toutes ces manifestations destinées à transformer la société ne me touchaient guère. Comment aurais-je pu deviner que, cette fois-ci, ce serait différent ?

Ce jour-là, j'étais devant le four, attendant le moment de sortir des porcelaines d'un nouveau modèle. Depuis le jour de mon mariage, où j'avais fabriqué mes huit assiettes, Luo Zhanggui m'avait demandé de créer de nouveaux motifs. J'étais en compagnie d'un bon ami. Il m'a glissé quelques mots à l'oreille. Je ne l'ai pas cru. J'ai pensé qu'il voulait s'amuser à me faire peur. Et puis j'ai fini par jeter un coup d'œil dans la cour. Quelques jeunes gens collaient des *dazibao*, provoquant un attroupement. Quand ils m'ont vu arriver, ils se sont enfuis les uns après les autres. Ici, les gens ne se sentaient pas vraiment concernés par la politique. Obligés d'appliquer les mots d'ordre du Gouvernement central, ils obéissaient sans comprendre. Les jeunes qui collaient les *dazibao* étaient gênés. Ils ne voulaient pas que je les reconnaisse. Voilà pourquoi ils décampaient. Je sentais une certaine tension quand, brutalement, un des slogans m'a sauté aux yeux : « Débusquons le droitier planqué Hua Xiayu. » J'ai regardé une fois encore.

Je ne m'étais pas trompé. C'était bien mon nom qui était écrit : Hua Xiayu. Je suis resté hébété. Qu'est-ce que c'était que cette histoire ? Droitier ou pas, que me voulait-on ? Au moment de la campagne anti-droitière, j'avais vraiment eu l'impression de n'être qu'un petit galet sur la plage, à peine éclaboussé par l'écume de cette tempête. J'ai voulu lire d'un peu plus près les *dazibao* pour savoir ce qu'ils racontaient. Mes yeux refusaient de lire l'ensemble. J'étais obnubilé par des caractères isolés qui se détachaient du texte avec une netteté effrayante. Je m'étais fait violence pour garder mon sang-froid et pourtant je ne comprenais toujours pas de quoi il s'agissait. Je suis aussitôt parti à la recherche de Luo Jiaju. Une semaine auparavant, le comité de district du Parti l'avait nommé *responsable du mouvement pour la Révolution culturelle* dans notre usine. Depuis, c'était lui qui organisait les réunions et faisait les discours. Il avait profité des désordres politiques pour écarter son oncle, Luo Tieniu, de la direction du Parti. Ce dernier faisait davantage l'effet d'être une potiche qu'autre chose. On l'avait mis sur la touche.

Luo Jiaju ne travaillait plus à l'atelier de décoration. Il s'était installé dans une pièce du bâtiment administratif. Il n'avait pas eu le temps de fabriquer des écriteaux. Il avait juste inscrit *Bureau de la Révolution culturelle* sur un papier jaune collé sur sa porte. Je suis entré. Sept ou huit personnes étaient serrées autour d'une table, en train d'écrire des *dazibao* à partir de documents officiels. Dès qu'ils m'ont vu, certains sont venus se placer immédiatement devant la table et s'y sont assis pour m'empêcher de voir ce qu'ils écrivaient. Luo Jiaju est venu droit sur moi, le visage fermé. Il m'a entraîné dehors. Je lui ai demandé de quoi traitaient les *dazibao* du bureau. Il m'a répondu d'une voix neutre et sèche :

– Tu viens me demander des comptes au sujet de tes propres affaires ?

Il ne souriait plus comme à l'ordinaire. Pour la première fois, j'ai remarqué ses yeux, très petits, gris-bleu, brillants. Un regard d'une dureté effrayante.

J'étais bouleversé. Je n'avais qu'une envie : rentrer chez moi au calme. Je n'avais pas fait deux pas que je me heurtais à nouveau à des *dazibao* fraîchement placardés. La colle s'en égouttait encore. Les caractères tout brillants exhalaient une odeur écœurante d'encre bon marché. Mon nom s'inscrivait partout. Chacun de ses traits me blessait. Jamais il ne m'a fait si peur.

D'un seul coup, le changement qui avait affecté Luo Jiaju, ces derniers temps, m'est revenu en mémoire. Il m'évitait continuellement. Au fond, quand un homme a envie de faire peur à autrui, c'est qu'il le craint pour une raison ou une autre. S'il avait pris ses distances avec moi, ce n'était pas sans raison. De fil en aiguille, j'ai repensé à l'après-midi d'avant-hier où une partie d'échecs nous avait opposés parce que deux jeunes collègues avaient réclamé que je me mesure à lui. Il n'avait pas desserré les dents de toute la partie. Mais, en déplaçant ses pions pour attaquer, il m'avait dit plusieurs fois : « De toute façon, tu seras échec et mat, maintenant ou plus tard, et là, ne viens pas te plaindre ! » Ces mots signifiaient-ils déjà qu'il se montrerait impitoyable ? Pourquoi n'y avais-je pas pensé tout de suite ? A ce moment-là, je n'avais aucun ennui et donc aucune raison d'être sensible à la menace imprécise de ses propos.

Je réfléchissais, en marchant, quand je me suis violemment heurté à quelqu'un. C'était Cui Dajiao ! Il me regardait les yeux exorbités, furieux.

– Je l'avais bien dit, tu es un contre-révolutionnaire. Tu as encore fait des conneries. Luo Jiaju, lui, il n'a jamais trompé personne. Attends un peu, tu vas voir, ça va être ta fête !

Après avoir craché ces menaces grossières, il a décoché un coup de pied à un jeune peuplier qui a frissonné de toutes ses branches. Cet imbécile borné était habité d'une sauvagerie qui n'attendait que la première occasion pour s'exprimer.

J'ignorais d'où me venait ce malheur soudain. Qu'allait-il m'arriver ? J'étais à nouveau victime d'un système auquel je ne comprenais rien.

Le soir, Dune est rentrée, le visage livide. Et nous sommes restés longtemps sans que ni l'un ni l'autre n'arrive à parler. Elle a fini par me demander :

– Pourquoi m'as-tu trompée ?

Sa voix était chargée de reproches. Je n'ai pu supporter une telle accusation de la part de celle que j'aimais. Tromper, c'est un mot terrible. Comment aurais-je pu la tromper ? Aimer, pour moi, c'est se livrer entièrement l'un à l'autre.

– Je ne t'ai pas trompée ! Je ne sais même pas ce qui se passe. Ces histoires de droitiers ne m'ont jamais concerné. Tout ce que je te dis est vrai. Il faut me croire, Dune !

J'avais prononcé ces mots avec la même sincérité que celle que je mettais à peindre. J'ai ajouté :

– Je suis mort de peur. On m'en veut et je ne sais pas qui. J'ai peur, Dune, j'ai tellement peur !

J'avais l'impression d'entendre mon sang battre mes tempes et puis plus rien : juste mes larmes qui coulaient. Elle a posé sa tête sur mon épaule, m'a regardé de ses grands yeux, esquissant un sourire.

– Peu importe ce que tu es, je te suivrai partout. Si on te critique, je serai à tes côtés. Si on t'emprisonne, je t'apporterai à manger tous les jours. Si on t'exécute... Mais je dis des horreurs ! Eh bien, je creuserai ta fosse, je te retrouverai même là, et je me coucherai près de toi. Mais ne me mens jamais, parce qu'alors...

Cette tendresse, cette sincérité, cette fidélité absolue m'ont réconforté. J'avais le sentiment d'être cerné par des ennemis invisibles et voilà que je trouvais un mur sur lequel je pouvais m'appuyer solidement pour me protéger.

– Je vais te chanter quelque chose, d'accord ?

Elle a entonné une chanson d'une voix douce et légère. Mon angoisse s'est peu à peu dissipée et ma voix s'est raffermie.

– Je n'ai plus peur. Avec toi, je ne peux pas avoir peur. Tu portes dans ton ventre notre enfant et, pour lui, nous devons être invincibles.

Je m'étais trouvé toutes les raisons qui pouvaient me redonner du courage.

Elle m'a regardé en souriant. Elle fredonnait encore sa chanson et ce petit air chassait toute ma peine et mon inquiétude. Il m'apaisait et me réchauffait... Je ne me serais jamais douté qu'une chanson puisse avoir un tel effet mais, petit à petit, j'ai décelé dans sa voix des soupirs furtifs, presque des sanglots, qui trahissaient sa propre souffrance. Le remords m'a soudain envahi. J'ai pensé que, pour m'avoir suivi, elle allait maintenant subir mes terreurs et assumer mes craintes. Quel gâchis ! Je me suis mis à délirer. J'imaginais qu'on m'envoyait dans un endroit désert, très loin dans le Nord, et qu'elle, dans cette petite chambre, restait abandonnée. Je la voyais m'attendre, dans la lumière du crépuscule, fredonnant cette chanson ou, quelques années plus tard, me rejoindre en conduisant notre enfant sur des chemins boueux et glacés. Elle ne cessait de fredonner cette chanson tout le long de la route et moi, je végétais dans une cabane de forestier. J'entendais ce petit air. Je sortais en courant et j'embrassais ma femme et mon enfant. De petites perles de glace étaient figées sur ses longs cils. Ma femme !

La chanson s'est arrêtée et mon délire avec elle. Dune s'était endormie contre moi. Nous n'avions pas allumé la lumière. La chambre était plongée dans l'obscurité. La clarté de la lune diffusait une lumière froide et triste qui venait éclairer son visage endormi. Un visage adorable et tellement pâle. Un petit sourire était resté accroché aux coins de ses lèvres. J'ai soudain réalisé que nous n'avions pas mangé mais je n'ai pas osé la réveiller. Elle dormait si profondément que son corps reposait de tout son poids contre le mien, si lourdement que je sentais bouger de temps en temps notre enfant. Et moi, je savourais le bonheur d'être bientôt père. Ce bonheur nouveau m'a complètement détendu. J'ai senti la fatigue et le sommeil me gagner. Dans ce demi-sommeil, j'ai eu l'espoir insensé qu'à mon réveil, tous mes ennuis se seraient effacés et que tout n'avait été qu'un mauvais rêve.

Autrefois j'espérais toujours que mes désirs deviennent réalité. Pour la première fois, je me suis pris à espérer que la réalité ne soit qu'un songe.

« Ce n'est pas vrai, ce n'est pas vrai... » Ces mots ont tourné toute la nuit dans ma tête. Mon sommeil était agité, heurté.

Le lendemain ma situation était encore plus critique. Dune venait de partir à l'école. Dans l'arrière-cour, on avait collé de nouveaux *dazibao* qui multipliaient les détails sur mon cas. Tous transcrivaient des paroles que j'aurais prononcées lors de la campagne antidroitière de 1957. Je n'en revenais pas ! J'aurais effectivement pu énoncer chacun de ces mots. Même le ton y était. Mais ils ne disaient pas à qui j'avais parlé et qui m'avait dénoncé. Si réellement j'avais fait ce genre de déclaration en public, j'aurais pu être considéré comme un contre-révolutionnaire. Je ne comprenais pourtant pas comment ces gens, autour de moi, connaissaient mes opinions de naguère. Il devait exister un moyen, une méthode particulière permettant de sonder les pensées les plus intimes d'un homme.

A aucun moment, on ne m'a permis de me justifier. Dans chaque atelier, les ouvriers avaient collé des *dazibao* pour prendre, eux aussi, position sur mon cas. Je n'avais qu'une envie : rentrer chez moi pour me cacher. On avait placardé sur ma porte un grand papier blanc me sommant de faire mon autocritique et c'était signé *Les Gardes rouges*. Je n'avais jamais entendu parler de ces gens-là. On avait écrit mon nom comme celui d'un condamné à mort, à l'encre rouge, barré grossièrement d'une grande croix. Ma situation était désespérée.

Ce soir-là, très tard, Dune n'était pas encore rentrée. J'étais inquiet mais je n'osais pas sortir. J'avais peur qu'on croie que je cherche à m'enfuir. Des bagarres avaient éclaté non loin de l'usine. J'entendais des cris, des appels au meurtre, des mots d'ordre qu'on hurlait. Et, par vagues successives, m'arrivaient le bruit et la fureur des désordres qui éclataient un peu partout. On avait brûlé les livres symboles des « Quatre Vieilleries »*. De la cendre et des bouts de papier calcinés volaient dans la fumée épaisse et rentraient en gros flocons jusque dans ma chambre. Cette démonstration de force était beaucoup plus féroce en intensité qu'en 57. Cette petite ville, aussi tranquille qu'un ermitage, semblait avoir été contaminée par un virus qui aurait rendu les gens fous.

Dune m'avait dit que les élèves de son école étaient déjà très remontés. Plus l'attente se prolon-

* Ce sont : la pensée, la culture, les mœurs et les coutumes de l'époque de Confucius.

geait, plus mon inquiétude grandissait. Je retenais mon souffle pour parvenir à écouter le bruit de ses pas.

Je ne l'ai pas entendue arriver. Je l'ai vue apparaître soudain sur le seuil et sa mine m'a bouleversé. Son visage était livide, ses lèvres très blanches. Elle avait de grands cernes noirs et ses cheveux étaient massacrés. Ils lui avaient coupé ses longues tresses. Elle avait l'air d'un être brisé.

– Tu... Qu'est-ce qui s'est passé ?

Elle n'a pas répondu, mais elle m'a demandé :

– Tout ce qui est écrit sur les *dazibao* dans la cour, c'est vrai ? Ne me mens pas. Les Gardes rouges de l'école ne voulaient pas que je rentre ici. Luo Jiaju est venu leur dire qu'en fait c'est moi qui avais été trompée et qu'ils pouvaient me laisser. Ils m'ont chargée de te dire qu'il faut que tu fasses ton autocritique.

– Une autocritique, mais quelle autocritique ? J'ai peut-être pensé ce dont on m'accuse mais je n'en ai jamais parlé à personne, à personne ! Je te l'ai déjà dit : je ne m'intéresse pas à la politique, je n'en discute jamais.

Elle m'a écouté et s'est jetée sur le lit en pleurant.

– C'est fini, c'est bien fini ! Tu me trompes encore ! Si tu ne l'as jamais dit à personne, comment les autres peuvent-ils le savoir ?

Je n'ai rien pu faire d'autre que de la regarder pleurer, à la limite de l'épuisement. Enfin, elle s'est redressée et, le regard vide, elle est restée assise, toute la nuit. J'avais l'impression que, derrière ses longs cils, il n'y avait plus que deux trous noirs. Je ne savais pas comment l'aider. J'ai posé ma main sur son épaule. Elle m'a repoussé. Elle ne voulait pas que je la touche.

Au matin, elle est partie sans dire un mot.

Ce jour-là, vers neuf heures, la vie est véritablement devenue pour moi un combat impitoyable.

Les ouvriers de l'usine s'étaient rassemblés dans l'arrière-cour avec un groupe de Gardes rouges. Luo Jiaju n'était pas parmi eux. Cui Dajiao est arrivé avec des renforts. Ils portaient au bras de grands brassards rouges sur lesquels était inscrit en jaune foncé *Garde rouge ouvrier*. Cui m'a empoigné par le col et m'a traîné à côté de Luo Tieniu, le secrétaire du comité du Parti qui m'avait accueilli le jour de mon arrivée. Il gardait baissée sa tête de fouine. Son corps sec et maigre était encore plus ratatiné que d'habitude. La tension était extrême. Personne ne parlait. On n'entendait que les rugissements et les menaces de Cui Dajiao.

A cet instant, les portes de la cour se sont ouvertes en grand. Deux brigades de Gardes rouges armés de fusils de bois sont entrées. Ils encadraient une femme, et cette femme c'était Dune ! Ils nous ont mis face à face à deux mètres l'un de l'autre. Ils nous ont recouvert la tête de chapeaux ridicules en papier blanc. Dune était pitoyable. Elle avait l'air hébété. Son visage était pâle : aussi pâle que le papier du chapeau. J'ai eu l'envie irrépressible d'aller l'arracher et de le jeter. Mais quels que soient la force et le courage d'un homme, il y a des moments où il ne peut rien faire, où ce courage est inutile, où toutes les valeurs essentielles de l'existence sont foulées aux pieds. J'avais la tête en feu et j'ai crié :

– Ce n'est pas l'affaire de Dune, c'est la mienne !

Un Garde rouge robuste et noiraud m'a apostrophé :

– Parle ! Ce que disent les *dazibao*, c'est vrai ou pas ?

– Oui, oui, oui !

Je n'avais qu'une idée en tête : délivrer Dune.

– Bon, on peut considérer que tu as avoué à moitié. Maintenant, dis-nous à qui tu as tenu des discours contre-révolutionnaires.

J'aurais bien avoué tout ce qu'on voulait mais, pour le coup, c'était impossible. J'ai balbutié :

– Je ne me souviens plus.

– Tu vas parler !

– Il y a trop longtemps. Il faut que je réfléchisse. Mais, de toute manière, je reconnais les faits.

Je n'avais avoué que pour pouvoir mettre fin plus rapidement à l'humiliation de Dune. Pour elle, j'aurais même été jusqu'à admettre que j'avais tué quelqu'un.

Le Garde rouge s'est tourné vers elle et lui a dit en lui piquant les côtes de son fusil de bois :

– Ce matin, tu disais encore que rien n'était vrai. Maintenant, c'est lui qui reconnaît les faits devant tout le monde. Tu sais ce qu'il en coûte de protéger un contre-révolutionnaire ?

J'ai crié aussitôt :

– Fichez-lui la paix. C'est moi qui l'ai trompée ! Elle ignorait complètement la vérité !

Luo Jiaju est apparu sur ma gauche. Il s'est adressé à moi :

– Répète-nous ça encore une fois. Toutes ces histoires, tu les as bien cachées à Luo Dune, hein !

Je pouvais lire très clairement dans le regard désespéré de Dune qu'elle n'en pouvait plus et qu'elle aurait voulu ne pas en entendre davantage, mais je n'avais d'autre possibilité pour la protéger que de répéter ce que je venais de dire.

– Oui, c'est vrai, je lui ai menti depuis le début.

Je ne savais pas si l'aveu de ma fausse culpabilité n'était pas pour elle une souffrance plus terrible que celle que j'avais essayé ainsi de lui éviter.

Luo Jiaju semblait totalement satisfait. Il a surenchéri d'un ton railleur qui laissait transparaître son ressentiment :

– Tromper une femme, quelle grandeur d'âme !

J'ai regardé Dune. Sous son chapeau, son visage reflétait une indignation extrême. Ses yeux, qui s'étaient rétrécis, brûlaient de haine. J'ai été pris de panique. J'ai cru que tout était fini.

Luo Jiaju s'est avancé pour enlever le chapeau de la tête de Dune et, me désignant du doigt, il lui a demandé :

– Tu as encore l'intention de vivre avec cet homme ? Si ce n'est pas le cas, tu peux aller prendre tes affaires et retourner chez toi.

J'ai vu Dune rentrer sans aucune hésitation dans notre maison pour aller chercher sa couverture et un ballot d'affaires. Elle m'a lancé un regard dans lequel il n'y avait plus de haine, simplement du mépris.

Les Gardes rouges, y compris l'équipe de Cui Dajiao, ont mis à sac ma petite pièce. Ils ont sorti toutes mes affaires pêle-mêle dans la cour pour les brûler. Quatre gardes ont tourné autour du feu, le poing levé, hurlant des slogans. J'avais l'impression d'assister à une mauvaise pièce de théâtre, bruyante, sans intérêt et qui ne me concernait en rien.

Dès lors, je n'ai plus été qu'un jouet entre leurs mains, subissant leurs caprices les plus cruels. J'ai même failli y laisser ma vie. C'était une idée de Cui Dajiao. Il m'a annoncé que ma dernière production de porcelaines n'était pas conforme à la norme et que je devais immédiatement retourner au four pour la recommencer. Arrivé là, il m'a renversé un seau de couverte sur la tête et m'a poussé violemment dans le four. Au moment où il allait fermer la porte en la bloquant avec des briques, Luo Zhanggui s'est interposé. Il a crié, en levant la main, un slogan du genre « Il faut faire la Révolution culturelle, mais pas la guerre » et il m'a sorti du four. J'ai eu très peur mais ce n'était rien à côté de ce qui a suivi.

Ils ont sorti du dépôt les objets raffinés et les porcelaines peintes que j'avais faits ces dernières années, où j'avais mis le meilleur de moi-même : plus de cinq cents objets, tous différents. Ils les ont alignés par dix sur plusieurs rangs. Toute l'arrière-cour en était couverte. Ils m'ont donné un marteau et m'ont ordonné de les casser toutes, l'une après l'autre. De l'avis de tous, ma production était unique. Bien sûr, vous ne pourrez jamais en juger : vous ne la verrez jamais.

Je ne savais vraiment pas de qui venait cette idée,

la plus cruelle de toutes. En tenant ce marteau, je brisais allègrement ma propre vie, et pourtant j'étais forcé d'obéir. C'est étrange à dire, mais quand j'ai commencé à casser les dix premières, j'ai eu une irrésistible envie de me fracasser moi-même le crâne pour en finir avec cette putain d'histoire. Après en avoir détruit une cinquantaine, j'ai eu l'impression que ce que je brisais n'était plus des porcelaines mais de vulgaires morceaux de terre. J'étais devenu une machine ; un coup, han ! et une de cassée ! Mon rythme suivait en cadence celui des cris de Cui Dajiao et de sa bande. « Vas-y ! Casse ! Casse !... » J'ai été pris d'une sorte de folie furieuse. Tout mon corps était envahi d'une rage dévastatrice qui me submergeait. Mes bras se déformaient bizarrement sous l'effort. Le bruit de la porcelaine vrillait mes tympans. Mon sang battait mes tempes. Je frappais tellement fort que les débris de porcelaine explosaient en me cinglant le visage. Pourquoi ai-je été assez stupide pour me laisser aller à tant d'acharnement ? Les cris des Gardes rouges se sont éteints petit à petit. Certains d'entre eux n'avaient pas crié du tout. Ils étaient bien trop indécis. C'étaient des artisans qui travaillaient la porcelaine depuis de nombreuses années. Ils savaient très bien que ce que je détruisais sous leurs yeux était irremplaçable...

Les jours suivants, Luo Tienu, à son tour, a été pris pour cible. Toute l'usine s'est retournée contre lui. En des temps moins agités, il s'était fait beaucoup d'ennemis. Ils se sont vengés plus durement sur lui, jusqu'à ce qu'il en meure.

Quant à moi, mes ennuis ont repris. Pour châtiment, les Gardes rouges m'avaient ordonné de m'agenouiller tous les jours sur les débris de mes porcelaines et de lire à voix haute les *dazibao* qui me critiquaient jusqu'à ce que je les sache par cœur. Au bout de deux jours, j'avais les genoux en sang. Les éclats de porcelaine avaient fini par traverser et déchirer mon pantalon, et à se planter dans ma chair. Le soir, en rentrant, je les enlevais un à un sans même sentir la douleur. Toutes mes pensées étaient tournées vers Dune. Je craignais sans cesse qu'on la maltraite encore. Peu importait qu'elle m'en veuille ou me méprise. Il était impossible qu'elle me haïsse si elle se souvenait de notre amour. J'étais certain qu'elle reviendrait sans que j'aie besoin de lui donner d'explications. Elle l'avait dit : peu importe qui j'étais, elle me suivrait partout. J'en étais intimement persuadé. Alors pourquoi ne revenait-elle pas ? Tout cet espace autour de moi me semblait vide sans elle. Je l'attendais pour vivre à nouveau.

Chapitre six

Un matin, très tôt, avant même que je sois allé m'agenouiller devant mes *dazibao* pour les apprendre, Cui Dajiao a fait irruption dans ma chambre avec d'autres gaillards qui m'ont traîné dehors et m'ont frappé en plein visage, m'accusant d'avoir déchiré les affiches. Vous le savez bien, à cette époque, une telle accusation vous faisait risquer la mort. On pouvait être battu pour moins que cela et même pour rien. Heureusement, je ne supportais absolument pas les coups. Je me suis couché aussitôt par terre, à plat ventre. Cela leur ôtait tout le plaisir de me battre et l'envie de continuer. Inutile de vous dire que, si j'avais été plus fort, j'aurais résisté et je serais mort depuis longtemps. J'ai regardé la cour. Effectivement, elle était jonchée de bouts de papier arrachés. Qui avait pu faire ça ? Qui voulait ma mort ?

Un Garde rouge m'a puni, m'ordonnant de ramasser tous les morceaux et de les recoller afin qu'on ne puisse pas s'apercevoir qu'ils avaient été déchirés. J'ai obéi. J'ai collé toute la journée.

Le soir, exténué, j'ai regagné ma chambre.

La vague d'agitation politique qui s'était propagée comme un raz de marée ces derniers temps s'était atténuée. Dans le calme profond de la nuit, me parvenaient seulement, de loin et par intermittence, des cris de frayeur et des voix rauques qui hurlaient des ordres. Soudain, j'ai entendu dans la cour des bruits de papiers qu'on déchire. Mon sang n'a fait qu'un tour. J'ai rampé avec précaution jusqu'à la fenêtre pour voir. Il n'y avait personne. La lune jetait un éclat blême sur les débris de mes porcelaines qui luisaient tristement. A force de scruter la nuit, j'ai fini par distinguer quelqu'un, accroupi à l'angle du mur. Ce coin était particulièrement sombre. Je devinais, juste dans l'ombre, une forme noire et courbée, occupée à déchirer les *dazibao*. Qui était-ce ? Celui qui commettait cet acte ignoble cherchait à me détruire, c'était clair. J'ai hurlé :

– Qu'est-ce que tu fous ?

L'homme s'est arrêté de bouger sans pour autant se mettre debout. Il s'imaginait peut-être qu'en restant dans l'obscurité je ne pourrais pas le reconnaître.

– Qui es-tu ? ai-je encore demandé.

Tout à coup, il s'est sauvé à toute vitesse.

Ce pas, je le reconnaissais. Ce n'était pas celui d'un homme, c'était celui d'un chien ! Le Noir... Pourquoi déchirait-il les *dazibao* ? Si c'était pour me protéger ou m'aider, il avait vraiment réussi ! Comment pouvait-il savoir ce qui était écrit ? Quelle histoire invraisemblable... J'ai supposé plus tard que, bien caché quelque part, il avait observé tout ce qui s'était passé les jours précédents, qu'il m'avait vu malmené, à genoux, devant ces *dazibao* et qu'il avait senti quelle menace ils représentaient pour moi. Alors, la nuit, en douce, il venait les déchirer. C'était la seule explication possible.

Le lendemain, tout a recommencé. Les Gardes rouges m'ont trouvé une nouvelle punition. Ils ont posé une grande jarre par terre et m'ont ordonné de m'agenouiller dessus. Si je la renversais et si elle se cassait, « j'aurais détruit un bien national, je serais considéré comme un contre-révolutionnaire actif et envoyé alors au Bureau de la sécurité publique pour être puni selon la loi ».

Je ne pesais plus que cinquante et un kilos et, pourtant, il me fallait fournir un effort de tous les instants pour me maintenir en équilibre à genoux sur cette jarre. Très vite, elle a commencé à osciller. Cui Dajiao et les autres m'entouraient en vociférant des injures, hurlant des menaces sur ce qui m'attendait si je tombais. Je ne pouvais vraiment pas être mieux installé ! Plus je me crispais, plus la jarre bougeait. A chaque seconde, je risquais de me retrouver par terre.

A ce moment, on a entendu un aboiement. C'était Le Noir. Il se tenait à quelques mètres de nous, déchaîné et aboyant furieusement, la queue dressée, le poil hérissé. Il paraissait encore plus fort, féroce et effrayant. Il venait à mon secours !

Trois ou quatre Gardes rouges se sont approchés de lui pour le battre avec leurs fusils mais Le Noir était agile et intrépide. Il a esquivé tous leurs coups et il est même arrivé à mordre un bas de pantalon qu'il a déchiré. Se sentant menacés, ils n'ont plus osé bouger.

Mais Cui Dajiao, lui, avait l'air à son affaire. Les événements de ces derniers temps lui avaient permis de donner libre cours à sa cruauté, et son esprit dérangé avait enfin trouvé matière à s'exprimer. Il avait pu commettre à loisir toutes les atrocités que lui inspirait son imagination, dans un état d'excitation permanent. Il m'a fait descendre de la jarre et, me tendant un fusil en bois, il m'a ordonné de frapper Le Noir.

– Fais-le, sinon on dira que tu es comme ce chien, un oppresseur du peuple et, alors là, on te tabassera à mort !

J'ai pris le fusil. J'ai appelé Le Noir. Il n'a pas obéi tout de suite. Il a hésité avant de s'approcher de moi très lentement. Cui et les autres ont reculé : ce chien leur faisait peur.

Ils m'ont crié :

– Cogne-le ! Tu vas le cogner à la fin ?

J'ai levé mon fusil ; Le Noir n'a pas bronché. Il croyait que je voulais l'entraîner dans un nouveau jeu. Il se tenait tout droit, remuait joyeusement la queue et il a fait deux bonds pour attraper le fusil. Comment aurais-je pu le frapper ? Je lui ai soufflé :

– File… sauve-toi !

Il n'est pas parti. Au contraire, il s'est roulé par terre en glapissant et s'est mis à minauder comme un enfant gâté.

– Si tu ne le frappes pas, on te met en pièces ! a hurlé Cui.

J'ai essayé de prendre un ton sévère et j'ai dit au Noir :

– Si tu ne t'en vas pas, je vais être obligé de te battre !

Il s'est aplati par terre en me regardant comme s'il avait compris. Mais il n'a toujours pas bougé. Il voulait manifestement rester à mes côtés. Son regard était confiant, Il était certain que j'étais incapable de lui faire du mal.

– Je compte jusqu'à trois… Si, à trois, tu n'as pas obéi, on vous réduit en bouillie, toi et ton chien pourri, a crié Gui, je compte… un… deux…

La tension était si forte que j'ai cédé à la haine ambiante. Avant que Cui ait fini de compter, j'ai donné un grand coup au Noir. Il a bondi en poussant un hurlement de douleur. Comme fou, il a fait mine de m'attaquer.

Gui Dajiao était ravi. Il a crié tout excité :

– Mords-le, mords-le !…

Mais Le Noir, la queue basse, m'a juste lancé un regard triste, plein de reproches et de désarroi, puis il s'est sauvé en courant et il a disparu au coin du dépôt où je l'ai perdu de vue…

Même aujourd'hui, je ne me pardonne pas d'avoir battu ce chien. Je me suis conduit comme un salaud. Je me détestais. Pis encore, je me méprisais. Vous, vous pouvez le comprendre, n'avoir plus d'estime pour soi-même est le sentiment le plus humiliant qui soit.

Je fixais, hébété, le coin désert de l'entrepôt. Gui Dajiao et sa bande m'ont vite fait revenir à la réalité. En m'accusant d'avoir encouragé ce chien à persécuter les masses, ils ont commencé par me rouer de coups avec sauvagerie. Puis ils ont mis au point une technique atroce pour bien me blesser les mains, sous prétexte qu'elles étaient des « mains noires ». Ils m'ont obligé à écraser des briques.

J'ai dû recommencer et recommencer jusqu'à ce que mes mains soient si abîmées que je ne pouvais même plus les refermer.

Je me suis arrêté à la tombée de la nuit. J'étais en sang, dans un état d'accablement et d'épuisement total.

Les Gardes rouges avaient mis mon lit en pièces lorsqu'ils avaient fouillé chez moi. Par terre, il ne restait qu'un peu d'herbe sèche. Ils m'avaient battu plusieurs fois dans la journée. J'avais mal aux reins, aux fesses. Je ne pouvais pas m'allonger sur le dos. Je pouvais juste me coucher à plat ventre. Mes mains blessées me faisaient terriblement souffrir. J'avais étiré mes bras vers la porte pour permettre à l'air froid de la nuit de rafraîchir mes brûlures.

Pour mieux me surveiller, les Gardes rouges avaient démonté la porte et la fenêtre de ma chambre. Ils avaient aussi cassé les ampoules et arraché les fils électriques par peur, disaient-ils, que je ne me suicide. Mais l'obscurité naturelle de la nuit est toujours propice au sommeil et je savais qu'une fois endormi je ne sentirais plus rien. Dans l'encadrement de la porte, je voyais la cour faiblement éclairée par la lune et je me répétais sans arrêt ces mots, comme une litanie, « la nuit est noire, la nuit est noire... » J'ai commencé à m'assoupir. Je sentais mon corps se ramollir, s'enfoncer pesamment. Je n'avais plus la sensation de la dureté du sol mais celle de flotter sur une mer cotonneuse. A ce moment, quelque chose de doux s'est posé sur mes mains blessées. Cette caresse était légère mais si réelle à la fois que ce n'était pas un rêve. C'était Dune. Elle seule pouvait m'apporter ce réconfort, ces marques d'amour et de tendresse dans un moment pareil. Ce ne pouvait être qu'elle !

J'ai ouvert un œil. Oh ! Ce n'était que Le Noir ! Il léchait doucement mes mains blessées. Il ne m'avait pas gardé rancune des coups donnés le matin même. Il était là, près de moi.

– Le Noir !.., ai-je prononcé avec difficulté, à voix très basse.

Il était couché devant moi sur le seuil. Derrière lui, par l'encadrement de la porte, un clair de lune étincelant soulignait sa silhouette d'un halo gris argent. Son corps, par contraste, paraissait encore plus sombre et je ne pouvais même pas distinguer ses yeux. Il ressemblait à un lion. Non, pour être plus précis, il ressemblait à une divinité compatissante et majestueuse, habitée par des sentiments humains si vivaces, si violents, si profonds... « Le Noir... » J'étais épuisé. Ma voix ne pouvait même pas traduire mon émotion.

En m'entendant, il s'est levé. Il est venu se coller contre moi, s'allongeant de tout son long, sans bruit. Seul son ventre gargouillait gentiment. Quand il a posé ses pattes sur ma peau, elles étaient encore froides de la fraîcheur de la nuit mais il m'a très vite réchauffé.

J'ai fermé les yeux et je me suis abandonné à la chaleur que me procurait sa présence. J'ai senti couler quelque chose de tiède et de doux. Était-ce du sang… ou des larmes ? Le cœur aussi peut pleurer…

A partir de ce jour, il revenait de temps en temps, toujours pendant la nuit, passer un moment avec moi. Il repartait avant l'aube.

Après une séance publique de critiques, il a été décidé de m'envoyer à Qingshishan, en camp de rééducation par le travail. Des Gardes m'ont conduit sous escorte vers un vieux camion. Cui conduisait. Luo Jiaju était présent aussi, dans la cabine du conducteur. Il allait à Qingshishan pour préparer, en guise de bienvenue, la réunion publique de critiques qui devait avoir lieu pour mon arrivée.

Luo Jiaju, je l'avais très peu vu. Il n'avait jamais participé directement aux divertissements morbides des Gardes rouges. Il ne s'était occupé officiellement que de Luo Tieniu dont il avait orchestré la mort. Maintenant j'étais à sa merci, tel un rat pris au piège. A un moment, j'ai cru que notre situation commune de peintres l'avait retenu de participer aux manifestations de haine contre moi. J'étais bien con ! En fait, quand les Gardes rouges sont venus me chercher, qu'ils nous ont battus, Dune et moi, qu'ils m'ont forcé à briser mes porcelaines, quand la bande de Cui m'a ordonné de me blesser les mains… c'était de lui que venaient toutes ces idées abominables. Il tirait les ficelles, dans l'ombre, mais il n'apparaissait jamais.

J'étais dans la remorque avec sept ou huit Gardes rouges assis autour de moi. Ils m'avaient lié les mains derrière le dos avec une corde, de peur, sans doute, que je saute du camion. Devant l'entrée de l'usine, où une centaine de types m'invectivaient, le camion a démarré. En traversant la ville, les gens dans la rue me désignaient du doigt. Une fois sorti de la ville, un des Gardes rouges a hurlé :

– Regardez, il nous a suivis !

Qui donc nous suivait ? J'ai tendu le cou pour voir en bas. C'était Le Noir ! D'où venait-il ? Comment savait-il qu'on m'emmenait ?

Il filait à toute allure et s'est très vite retrouvé à hauteur du camion. Il courait en aboyant vers le véhicule.

La lunette arrière de la cabine du conducteur était cassée. De la remorque, on pouvait voir le dos de Luo Jiaju et de Cui Dajiao et, par le pare-brise, la route, devant le camion. Luo Jiaju a tourné la tête vers nous pour demander qui nous suivait. Le Garde rouge a répondu :

– C'est le chien noir !

Luo Jiaju a murmuré quelque chose à Cui Dajiao. Et, tout d'un coup, le camion a accéléré pour semer le chien. Il y avait suffisamment d'espace entre chaque Garde pour que je puisse distinguer au loin la silhouette du Noir qui mettait toute son énergie à nous suivre. Le camion cahotait et par moments je perdais Le Noir de vue. Plus loin, la poussière de la route me l'a peu à peu caché. Je ne le voyais plus mais j'entendais encore ses aboiements dans le lointain. Le camion a ralenti quand il l'a eu vraiment distancé.

Il était près de midi. On s'est arrêtés devant une gargote au bord de la route. Ils ont attaché le bout de la corde qui me liait les mains aux montants en bois de la remorque et ils sont tous partis manger. Vingt minutes plus tard, j'ai aperçu à l'horizon un petit point noir qui grossissait rapidement. C'était Le Noir. Il avait dû courir comme un dératé. Il était tout gris de poussière. J'étais attaché sur le côté de la remorque. Il a pris plusieurs fois son élan pour sauter et me rejoindre à l'intérieur, mais il n'y est pas parvenu. Sa poursuite acharnée l'avait épuisé. Les mains attachées, je ne pouvais pas l'aider. J'ai donc passé ma jambe entre les montants. Le Noir l'a saisie. Je l'ai soulevé avec force et j'ai réussi à l'entraîner dans la remorque. Il s'est tout de suite fourré contre moi en poussant avec peine quelques grognements étranglés et rauques. Je comprenais tout ce qu'il avait à me dire. Cet instant a été, je crois, un des plus bouleversants de ma vie. Je me suis mis à pleurer et mes larmes sont tombées sur les poils drus de son museau. On aurait dit que lui aussi pleurait.

A ce moment-là, Luo Jiaju, Cui Dajiao et les autres, repus, éméchés, le visage rouge et la démarche incertaine, sont sortis de la gargote. En découvrant Le Noir dans le camion, leur surprise s'est manifestée par des cris :

– Mais comment il a fait pour aller aussi vite ? Cet animal, c'est le diable !

Le Noir n'a pas attendu qu'ils l'attrapent. D'un bond, il a sauté sur le toit de la cabine. De là il les a provoqués en montrant les dents, mais un fusil de bois l'a fait valdinguer.

Il s'est alors posté au bord de la route en aboyant furieusement en direction du camion.

– Démarre, vite ! a dit Luo Jiaju.

Cui Dajiao a mis le moteur en marche. On allait démarrer quand on a vu soudain Le Noir couché en travers de la route, à quelques mètres devant nous. Il semblait avoir choisi de mourir en arrêtant ce camion. Cette détermination ébranlait tous ces enragés et leur inspirait même de la terreur. Plus personne ne parlait. Cui Dajiao a donné plusieurs coups de klaxon : Le Noir n'a absolument pas bougé malgré le bruit épouvantable. Luo Jiaju a ordonné à Cui :

– Écrase-le !

J'étais affolé, j'ai supplié, j'ai crié :

– Sauve-toi, Le Noir !

Prendre la fuite, c'est encore aujourd'hui pour moi la seule conduite à tenir devant le danger.

Le Noir était couché là, impassible. Il regardait le camion qui allait l'écraser. Cette impassibilité, même pour un homme, est si difficile à atteindre. Décider de sa propre mort...

On en avait oublié le raffut du moteur.

L'atmosphère était étrange. Luo Jiaju a crié à Cui :

– Pourquoi tu ne démarres pas ? Je t'ai dit de l'écraser !

Il y a eu un long silence avant que Cui ne réponde d'une voix étranglée :

– Bon... J'y vais !

Le camion a démarré brutalement. Il a foncé droit sur Le Noir. Entre mes cris de désespoir et le crissement des pneus du camion qui avait braqué brusquement, j'ai quand même entendu les hurlements de douleur du chien. Mon sang s'est figé sous la douleur qui faisait resurgir toute l'angoisse accumulée des jours passés. J'étais dans un tel état de faiblesse que, pendant un court instant, je me suis senti défaillir. Tout ce que j'avais devant les yeux était devenu flou, irréel. Moi non plus, je n'existais plus. Dans cette demi-inconscience, il m'a semblé qu'il y avait encore quelque chose à quoi me raccrocher mais j'étais dans l'incapacité de la saisir. Je n'ai plus vu qu'un bloc d'un blanc immaculé, absolu. J'ai pensé que c'était cela... la mort.

Quand je serai sur le point de mourir, j'aurai déjà fait l'expérience de cette sensation.

Chapitre sept

Le camp de rééducation de Qingshishan était une immense carrière. Les conditions de vie y faisaient mourir les hommes d'épuisement. On creusait la roche pour en extraire de grosses pierres. On les transportait ensuite dans des brouettes en suivant le flanc escarpé de la montagne jusqu'à la fabrique où elles seraient pulvérisées pour constituer un des éléments de la pâte à porcelaine. Une brouette peut supporter plusieurs centaines de kilos, et, pour la soulever et la faire avancer, il faut d'abord la faire basculer sur le côté et se pencher dans le même sens qu'elle, tout en faisant un effort dans l'autre sens pour l'empêcher de se retourner. Toute l'année, jour après jour, les hommes de Qingshishan n'avaient affaire qu'à des pierres. Sous des dehors taciturnes et méfiants, ils n'étaient pourtant pas secs et durs comme des pierres.

Je venais à peine d'arriver. Un groupe d'ouvriers m'a fait signe d'approcher. Chacun tenait une pierre à la main avec un air si menaçant qu'il aurait suffi que je dise un mot de travers pour qu'ils me lapident. Leur chef s'appelait Qin Laowu. Il avait un visage émacié, un corps noueux aux muscles saillants. Il m'a demandé qui j'avais cambriolé, quelle jeune fille j'avais violée. Autrefois, on envoyait souvent les soldats coupables de tels crimes dans cette carrière. Ils y effectuaient une peine de travaux forcés. Les gens d'ici détestaient la présence de ces voleurs et de ces débauchés. A vrai dire, quelquefois, ils n'hésitaient pas à leur régler définitivement leur compte. J'ai expliqué que j'étais peintre, que je n'avais commis aucun crime, que j'étais juste coupable d'un délit d'opinion, rien de plus. Ils ont tous laissé tomber la pierre qu'ils tenaient dans la main et, de ce jour-là, ils m'ont traité comme un des leurs. Mais ils m'ont averti : « N'essaye jamais de te tirer. »

Qin Laowu avait une grande autorité sur ce groupe. Il l'avait bien en main. Quand il avait parlé, personne ne contestait ses décisions. En hiver, à l'époque des grosses pluies et de la neige, les chemins de montagnes étaient très glissants. Il fallait se mettre à plusieurs pour pousser les brouettes. Qin Laowu prenait alors la tête des opérations. Il organisait le travail en hurlant des ordres aux ouvriers, les traitant de lavettes. Eux maugréaient sous ses injures comme de vieilles femmes mais ils acceptaient ses directives et faisaient tous un maximum d'efforts pour être efficaces. Personnellement Qin Laowu ne m'a jamais traité de lavette. Je ne sais si c'est parce que j'étais un étranger ou parce qu'il était au courant de mon inquiétude constante pour Dune. En tout cas, il ne s'est jamais permis de se moquer de moi. Dune, je pensais sans arrêt à elle, ainsi qu'à cet enfant, le nôtre, qu'elle portait depuis six mois déjà. Je me le représentais assez bien : il serait le portrait tout craché de Dune. D'ailleurs, Dune m'avait dit qu'un enfant ressemblait toujours à la personne qui, dans un couple, était la plus aimée.

Un jour de grand vent, Qin Laowu est entré dans ma petite pièce, un pichet d'alcool à la main.

– Bois un coup, mon vieux, bourre-toi la gueule. J'ai un truc à te dire.

Je lui ai demandé ce que c'était. Il n'a pas répondu mais, quand on a été à moitié soûls, il a dit :

– Ta femme va certainement demander le divorce.

– Va te faire foutre !

C'était la première fois que j'injuriais quelqu'un sans qu'il y soit pour rien. Évidemment, j'étais ivre et je ne pouvais pas m'empêcher d'être grossier.

– Je peux te démolir, tu sais… t'as pas peur ?

Il m'a regardé fixement de ses yeux injectés de sang :

– A qui tu pourrais bien faire peur ? Ta femme a avorté. Et c'était un garçon !

J'avais la tête en feu. L'alcool m'avait mis hors de moi. J'ai pris le pichet et je l'ai envoyé contre le mur où il a éclaté en morceaux. Ensuite, les poings en avant, je me suis précipité sur Qin et je l'ai bourré de coups. Son torse était aussi dur qu'une dalle de pierre. Je pleurais. Je criais : « Rends-moi mon fils, rends-moi mon fils ! » Qin Laowu n'a pas bougé.

Il gonflait sa poitrine pour me permettre de le frapper. Il m'a laissé faire jusqu'à ce que je sois épuisé. Soudain, d'un violent coup de poing, il m'a envoyé rouler sur mon lit. Ce coup magistral m'a complètement dégrisé. Je l'ai entendu dire, sur un ton sentencieux : « C'est pour tout le monde pareil. Quand on n'a pas de coffre, on n'a pas de souffle », en me jetant un regard furieux.

De ma vie je n'avais reçu un direct aussi violent. Il avait fait voler en éclats tous les espoirs qui m'avaient soutenu jusqu'ici.

Alors, à plat ventre sur mon lit, j'ai pleuré... pleuré.

Il m'a regardé, sans rien faire, pendant presque une heure, puis il a sorti un radis noir de sa veste, l'a coupé en deux et m'a dit : « Mange ! » en m'en jetant la moitié. Il a ajouté : « Si on n'a rien dans le ventre, on ne vaut rien. » Il a tiré le rideau de la porte et il est parti.

Bizarrement, cette histoire qui aurait rendu malade n'importe qui semblait le laisser indifférent. C'était comme ça ; on n'y pouvait rien. Le visage inondé de larmes, j'ai croqué ce radis noir qui me remplissait la bouche de son jus frais et, contre toute attente, j'ai ressenti un certain soulagement.

Je n'avais plus de femme, plus de famille. Je ne me ferais plus jamais de souci pour Dune. Mais tout de même, n'y a-t-il pas, pour une femme, pire manquement à soi-même que de se séparer de la chair de sa chair, pire trahison que de supprimer son enfant à naître ? Mon pauvre fils ! Mon pitoyable enfant ! Je lui avais même trouvé un nom. Mais, dans mon chagrin, je ne parvenais plus à m'en souvenir. C'était pourtant le nom de quelqu'un que mon imagination avait fait vivre, que j'avais aimé et qui était mort...

Alors, dans ma solitude extrême, une image affectueuse et rassurante s'est peu à peu imposée à moi, sans doute parce que je n'avais plus que lui : Le Noir !

Il m'apparaissait souvent, n'importe quand, n'importe où. Je ne pensais pas vraiment à lui mais il était là. Ce que j'aurais pu prendre pour une hallucination maladive n'était que le dernier recours à ma détresse. Quand je poussais ma brouette, il était là. Je me lavais dans la rivière, il était là, sur la berge. Au moment des repas, il était là et je voyais sa gueule rouge, dégoulinante de bave, happer un petit os...

Son souvenir m'était parfois douloureux, lorsque je revoyais ce regard désespéré qu'il m'avait lancé après que je l'ai battu, lorsque j'avais dans les oreilles le hurlement affreux qu'il avait poussé au moment de sa mort. J'aurai voulu le chasser de ma mémoire. D'ailleurs, je voulais tout oublier du passé. Oublier la fabrique, les porcelaines, oublier Luo Jiaju, Cui Dajiao, Dune... Oublier jusqu'à l'existence du Noir, oublier sa mort. Mais il était le seul qui résistait à ma volonté de gommer le passé. Peut-être parce que j'avais l'obscure conviction que, malgré tout ce que je lui avais fait subir, il serait resté mon compagnon.

C'est précisément ce qu'on désire oublier pour toujours qui revient sans cesse à la mémoire.

J'ai essayé d'exorciser ces images qui me hantaient en modelant un chien d'argile que j'ai enduit d'encre noire. Je l'ai posé sur le rebord de ma fenêtre. Le soir, la lune bordait sa silhouette d'un halo gris argent exactement comme ce jour où j'avais eu les mains blessées. Finalement, je n'ai plus supporté de le regarder; j'avais trop de remords. Je l'ai très vite enlevé du rebord de la fenêtre qui est devenue aussi vide que le monde. Mon âme était aussi froide que la cendre. Je n'éprouvais plus aucun sentiment. Si, il m'en restait un: ma haine pour Cui Dajiao.

Comment aurais-je imaginé qu'à cause de ce chien d'argile j'allais le rencontrer une dernière fois?

Chapitre huit

J'étais à Qingshishan depuis un an. Un matin de printemps, un petit montagnard est entré chez moi. Il a voulu jouer avec le chien d'argile posé sur ma table. C'était tout sauf un jouet, mais comment l'aurait-il su ? Je n'ai pas voulu le lui donner. Alors il est sorti en courant pour revenir un peu après avec un chien en terre cuite qu'il m'a proposé d'échanger contre le mien. J'ai poussé un cri d'étonnement en voyant la figurine. L'enfant surpris et effrayé a fait un bond en arrière. Il y avait un tel mouvement dans cette petite sculpture... Ce chien semblait prêt à me mordre !

Je vous l'avoue, je n'avais jamais vu une telle hardiesse. L'œuvre du plus audacieux des artistes aurait semblé maladroite et vieillotte comparée à celle que j'avais devant les yeux. La tête de ce chien était énorme. On avait simplement réduit ses pattes à quatre petites boules. Sa queue dressée avait l'allure d'une patate douce. Ses yeux te fixaient bien en face et sa grande bouche grimaçait stupidement comme s'il venait de voir une sauterelle s'installer au bout de ton nez. Il portait autour du cou un collier de fleurs et sur la tête de grosses perles. Il était à lui tout seul une véritable fête, pleine de vie et de promesses d'abondance. En le regardant, on ne pouvait s'empêcher de penser à ces paysans qui, depuis des milliers d'années, avaient exprimé à travers cet art naïf et vigoureux leur amour de la vie. On n'avait même pas pris la précaution d'enduire cette statuette d'une couche d'apprêt blanc. On l'avait seulement peinte grossièrement de couleurs primaires, sans aucun souci d'harmonie ni de recherche particulière dans le mélange des teintes.

Cette façon naïve de peindre n'était-elle pas plus profondément authentique que toutes les techniques savamment élaborées de la peinture traditionnelle ? A l'Institut, on nous avait toujours laissés dans l'ignorance de cette forme d'expression. L'enseignement reposait sur la culture et la tradition. Les paysans, eux, s'appuyaient sur leur instinct, leur goût, leur plaisir. Au fond, l'art n'était-il pas là ? Si on se contente de reproduire scrupuleusement les œuvres classiques, la peinture est souvent un non-sens, tandis que l'art de ces paysans est le reflet direct de leur vie. Je n'aurais jamais imaginé que, dans ce coin perdu, sauvage et aride, ait pu prendre ses racines et s'épanouir un artisanat d'une originalité aussi féconde. Dans ce pays, par exemple, on aimait tout particulièrement le bleu. Il s'imposait et éclipsait toutes les autres couleurs. C'était si simple !

J'ai demandé au petit garçon d'où venait cette terre cuite. Il m'a répondu que c'était le vieux Xiu, le colporteur, qui les vendait. Je me suis renseigné auprès de plusieurs personnes jusqu'à ce que j'apprenne que le vieux Xiu habitait Tai Tou, un village où, paraît-il, tout le monde savait modeler l'argile.

Un jour de congé, sans prévenir personne, j'ai fourré le peu d'argent que j'avais dans la ceinture de mon pantalon. J'ai pris en passant un sac de toile pour pouvoir rapporter des terres cuites et, profitant de la brume du petit matin, j'ai quitté la carrière en cachette. Je m'étais accordé l'autorisation de partir parce que, si je l'avais demandée, personne ne me l'aurait donnée.

En entrant dans Tai Tou, j'ai interrogé un paysan pour savoir où habitait le vieux Xiu. Quand il a su que c'était pour acheter des terres cuites, il m'a immédiatement conduit dans un hangar à bois derrière chez lui. Il a poussé quelques fagots, dévoilant un vrai musée d'art populaire : des statuettes partout... de toutes les tailles. Les plus grandes atteignaient presque soixante centimètres, d'autres étaient minuscules. Elles représentaient des villageois, des chevaux, des chiens, des chats... habillés de rouge, vêtus de vert, chapeautés de bleu, de jaune. Chacune avait une expression bien à elle. Je ne savais plus où donner de la tête. Quand j'ai retrouvé mes esprits, j'ai soigneusement choisi celles qui me paraissaient les plus réussies.

Ce paysan a pensé que j'étais un marchand ambulant et il m'a fait un prix. J'avais emporté toute ma fortune avec moi : quatre *yuan*, un *jiao*, sept *fen*. J'avais peur de ne pas avoir assez d'argent, et voilà qu'il me demandait deux yuan... Deux malheureux yuan pour ces trésors ! Dans mon excitation je lui en ai généreusement donné trois. Il était si content qu'il m'a aidé à envelopper mes terres cuites dans de la paille de riz avant de les caler au fond de mon sac à l'aide de vieux bouts de chiffon.

A la carrière, une histoire circulait sur une vieille femme qui faisait d'extraordinaires papiers découpés. On la surnommait les « Ciseaux Magiques ». On racontait qu'elle était originaire de Zhang Dao, dans la province du Shandong et que, peu de temps après son mariage, elle était venue s'installer dans un village, de l'autre côté de la rivière. Elle avait reçu en dot cent huit figurines, celles des Cent Huit Brigands du roman *Au bord de l'eau**. Ceux qui les avaient vues disaient qu'elles étaient encore plus expressives que de vrais personnages de théâtre. On rapportait aussi que cette collection appartenait à sa famille depuis des générations et qu'elle était unique au monde. La vieille n'avait jamais voulu la vendre.

Depuis que j'avais entendu cette histoire, je n'avais qu'une idée : rencontrer cette paysanne. C'est presque en courant, mon sac plein de terres cuites sur le dos, que j'allai la voir. J'ai longé la rivière d'un pas allègre, me laissant éclabousser par l'écume.

J'ai rapidement trouvé sa maison. Je lui ai demandé la permission de voir sa fabuleuse collection. Elle m'a

---

* Roman picaresque du XIVe siècle connu de tous les Chinois.

d'abord répondu que je faisais erreur mais, quand elle a appris que j'étais peintre, elle a éclaté en sanglots. Elle m'a alors raconté qu'au plus fort de la Révolution culturelle, des Gardes rouges l'avaient obligée à sortir sa collection et l'avaient réduite en miettes, sous prétexte qu'elle faisait partie des « Quatre Vieilleries ». J'ai pensé à mes porcelaines et je me suis senti très proche d'elle. Nos histoires étaient si semblables... Elle a fouillé dans un carton pour en sortir un morceau de porcelaine arrondi. C'était le reste d'une statuette, le seul fragment qu'elle avait pu sauver : une moitié de visage que j'ai tout de suite reconnu comme étant celui de Shi Qian* ! Son regard était aigu et semblait épier quelque chose. J'étais tellement heureux que, les mains jointes, je l'ai regardé sans oser le toucher. J'avais l'impression qu'il sortait du four, qu'il était encore brûlant. J'ai pensé avec désespoir que c'était tout ce qui restait de cette collection unique au monde.

La vieille paysanne avait le visage sillonné de longues rides très fines qui dessinaient une sorte de toile d'araignée. Mais maintenant qu'elle souriait, touchée par la ferveur et la spontanéité de ma réaction, ses rides s'étaient estompées et son visage s'était comme libéré. Elle s'est tournée vers le lit où dormait une petite fille. Elle s'est accroupie pour prendre une feuille de papier noir pliée en quatre et un sac de toile cachés sous la couverture.

* 107e brigand, par ordre d'apparition dans *Au bord de l'eau.*

Elle a sorti du sac une paire de ciseaux toute neuve, a déplié le papier qui occupait toute la surface de la table et m'a dit :

– Je vais découper du papier pour toi !

Les ciseaux virevoletaient entre ses doigts et des petits bouts de papier noir tombaient à terre au rythme des cliquètements clairs. Elle pliait son papier d'une certaine façon, donnait quelques coups de ciseaux, puis le pliait autrement et donnait encore quelques coups de ciseaux. La feuille de papier semblait battre des ailes entre ses mains comme une hirondelle. Une demi-heure après, elle a étalé le papier découpé sur le lit et m'a dit avec un gentil sourire :

– Ça fait deux ans que je n'en ai pas fait. J'ai les doigts raides. Ça s'appelle « La pêche miraculeuse » !

Je n'en croyais pas mes yeux. C'était tout simplement prodigieux. J'avais du mal à réaliser qu'avec ces ciseaux et une feuille de papier, on puisse faire apparaître, comme par magie, le spectacle baroque, mystérieux et pourtant limpide des profondeurs de l'océan. Cette vieille femme utilisait avec audace l'outrance des formes et la déformation de leurs contours afin d'exprimer le mouvement de la vie. Elle maîtrisait comme en se jouant cet art brut pourtant si complexe, si difficile à analyser pour nous. Seul, son instinct la guidait pour créer ses modèles. Certaines parties du découpage étaient aussi fines qu'un fil de soie, d'autres larges comme une queue de bœuf. Elles semblaient parfois déborder d'une vie étrange...

Jusqu'alors, je n'avais eu que d'assez vagues notions sur l'évolution de l'art chinois, En gros je pensais que, jusqu'à la dynastie Tang*, les artistes avaient été des créateurs inspirés jusqu'à la folie, et qu'en s'abandonnant à la violence de cette passion ils avaient ébranlé la sensibilité de leur époque. Je croyais qu'au cours des dynasties suivantes, l'art s'était peu à peu fourvoyé dans la décadence, la médiocrité et même la vulgarité. Je me trompais complètement. Il ne s'agissait que de l'évolution de l'art officiel : celui de la cour impériale. Le courant originel, lui, plein de sève et de spontanéité, ne s'est jamais éteint. Il s'était épanoui là, au fin fond des campagnes. Ce souffle qui, dans les temps anciens, avait produit les jades, les bronzes, les stèles, s'était perpétué dans les jouets de céramiques, les statuettes, les papiers découpés, les porcelaines... L'inspiration créatrice de notre pays ne s'était jamais tarie. Elle coulait dans les veines du peuple. Pourquoi notre Institut d'art ne s'installerait-il pas à la campagne ? Je regardais cette vieille femme si simple et je pensais avec amertume que notre Picasso, notre Matisse étaient sans doute là méconnus, ignorés. Cette femme aurait pu être, pourquoi pas, une figure marquante de notre art contemporain.

Elle m'a raconté qu'enfant, elle avait vécu au bord de la mer, et tous ces poissons lui étaient familiers. Elle m'a montré les hippocampes, les poulpes, les soles, les congres, les loups... Il n'y avait que les requins qu'elle ne pouvait pas représenter. Son mari avait été pêcheur de perles, il était mort à trente ans,

---

* 618-907.

dévoré par un requin… Elle m'a ensuite expliqué qu'à Zhang Dao, on collait des papiers découpés au plafond. Allongé sur son lit, on les regardait avant de s'endormir et cette contemplation favorisait le sommeil. C'est pour cette raison qu'elle n'avait jamais découpé de requin. Elle n'aurait pas supporté d'avoir sous les yeux la silhouette de cet animal, cause de son malheur. Elle n'aurait pas pu s'endormir.

J'ai hoché la tête. Je comprenais tout à fait ce qu'elle voulait dire : nos expériences nous rapprochaient.

Je suis maladroit ; je ne sais jamais comment exprimer ma gratitude. J'ai cru faire pour le mieux en sortant tout l'argent qui restait dans ma ceinture pour le lui donner. Ça l'a rendue furieuse et toutes les rides de son visage crispé se sont creusées profondément. Elle a dit que ce papier était le dernier qu'elle ferait jamais et qu'il n'était pas à vendre.

Je l'ai plié en quatre. Je l'ai soigneusement enveloppé d'un bout de tissu et je l'ai rangé dans mon sac. En quittant cette vieille paysanne, j'ai profité d'un moment d'inattention de sa part pour glisser le peu d'argent qui me restait sous l'oreiller de la petite fille endormie.

J'étais sur le chemin du retour, quand il s'est mis à pleuvoir à verse. Que je sois trempé jusqu'aux os n'avait pas beaucoup d'importance, j'avais seulement peur que le contenu de mon sac ne soit mouillé et ne s'abîme. J'ai trouvé à m'abriter dans un hangar qui servait de relais aux voyageurs. C'était une grande pièce aux murs de torchis et au toit de bambous. Au centre était installé un grand fût transformé en fourneau sur lequel mijotait une bassine de soupe aux nouilles. Il n'y avait pas de cheminée et la pièce était envahie d'un brouillard de vapeurs chaudes et de fumée épaisse. Les gens s'étaient regroupés autour du feu. Certains, couchés sur de la paille, étaient emmitouflés dans des manteaux usés, ceux qui n'en avaient pas s'étaient blottis au milieu du groupe. La plupart dormaient, quelques-uns en ronflant. Tous avaient le visage écarlate. Je ne sais pas si c'était à cause de la chaleur de la pièce ou des reflets rougeoyants du feu. J'ai dit au patron que je n'avais pas un sou mais qu'il pouvait peut-être me laisser me reposer un peu et me donner quelque chose de chaud à manger. En voyant mon air embarrassé, il m'a tendu un bol de soupe à moitié rempli. Il y avait beaucoup de liquide et peu de nouilles mais c'était toujours ça. Quand on a battu la campagne toute la journée et qu'on a de plus pris la pluie, on a l'estomac qui crie famine. Dès que j'ai eu ce grand bol en émail entre les mains, je me suis précipité dessus comme un goret et j'ai tout englouti jusqu'aux plus petites miettes.

Je ne pouvais pas traîner plus longtemps. J'étais déjà très en retard. Qin Laowu et les autres risquaient de penser que je m'étais sauvé. Je suis reparti en me dépêchant. Je n'avais pas fait deux cents mètres qu'un camion est arrivé derrière moi. Je me suis écarté sur le bas côté pour lui céder le passage mais il a ralenti pour s'arrêter à ma hauteur. La porte s'est ouverte et le chauffeur m'a crié :

– Monte !

J'étais content d'avoir rencontré quelqu'un de serviable. Je l'ai remercié et je suis monté dans la cabine du camion où j'ai posé mon sac à mes pieds. On est reparti, et le chauffeur m'a interrogé :

– Où est-ce que tu as été ?

J'allais répondre lorsque je me suis demandé de quoi il se mêlait, pourquoi il me posait cette question, s'il me connaissait ? Sa voix m'était familière. J'ai tourné la tête vers lui et, à ce moment-là, il a tiré avec force sur sa cigarette dont le bout incandescent a éclairé son visage. Cui Dajiao, c'était Cui Dajiao ! Et ce camion était celui-là même qui avait écrasé Le Noir.

– Arrête immédiatement, je veux descendre ! lui ai-je crié.

Indifférent, il a continué à rouler.

– Mais laisse-moi descendre !

– Tu es très bien là, je te ramène.

Le camion roulait très vite. Je me suis démené pour essayer de bloquer le frein. J'ai tenté de lui faire lâcher le volant en criant :

– Je ne veux pas rester dans ce camion, je ne veux plus jamais y monter, dans ton putain de camion !

Il a fini par s'arrêter. Et, après un silence tendu, il m'a dit :

– Bon, descends !

J'ai sauté du camion qui a redémarré brutalement. Dans la nuit noire, sur le chemin détrempé, je m'efforçais d'avancer le plus vite possible mais mes chaussures s'enfonçaient dans la boue et j'ai dû marcher cinq heures avant d'atteindre Qingshishan.

J'ai trouvé, au pied de la falaise, un endroit bien sec et protégé de la pluie. J'ai rangé soigneusement tout ce que contenait mon sac et je l'ai caché là en le recouvrant d'herbe verte. En arrivant devant ma chambre, j'ai vu briller la lumière de ma lampe à pétrole. Qin Laowu m'attendait à l'intérieur avec deux ou trois types, le visage grave. J'ai cru un instant que Cui m'avait dénoncé. En fait il n'était pas passé par là.

– On ne t'a jamais maltraité, pourquoi tu as voulu te sauver ? m'a demandé un des hommes, furieux.

– Mais non, je n'ai jamais voulu me sauver !

Dehors la pluie avait redoublé et il fallait élever la voix pour s'entendre.

– Mais qu'est-ce que tu as été faire, alors ?

Je leur ai tout raconté. Qin Laowu m'a regardé d'un air perplexe et m'a demandé de les emmener voir mes statuettes. Il n'avait pas l'air de croire à mon histoire. Ils ont tous enfilé leur imperméable. Qin Laowu a pris une torche électrique et je les ai conduits au pied de la falaise. Sous la pluie battante, j'ai sorti mon sac et je l'ai ouvert. Qin a allumé sa torche, j'ai alors vu son visage qui semblait dire : « Mais qu'est-ce qui t'a pris d'acheter toutes ces cochonneries ? » Il m'a juste dit :

– Ramasse tout ça et rentre !

Il a ôté son imperméable et me l'a jeté.

J'étais vraiment plein de reconnaissance à son égard, alors j'ai insisté :

– Je ne voulais pas me sauver, tu sais…

– Je le sais bien, ce n'est pas ce qui m'a inquiété, j'ai eu peur que tu te suicides !

Puis il s'est abrité sous l'imperméable d'un autre gars et ils sont tous repartis.

J'étais là, debout dans la nuit noire sous la pluie glacée. Je tenais cet imperméable entre les mains sans avoir envie de l'enfiler. Je me suis laissé tremper par la pluie jusqu'à l'ivresse. A la fin de cette journée, je jubilais en pensant à tout ce que j'avais encore à découvrir et à apprendre... en pensant surtout que j'étais toujours en vie.

Chapitre neuf

J'étais en rééducation par le travail à Qingshishan depuis presque deux ans.

Il y avait eu la déclaration : « Les masses doivent s'éduquer elles-mêmes en se révolutionnant... Il faut respecter leur esprit d'initiative, leur esprit critique et ne pas craindre leurs désordres... » Et dans le même temps, on nous disait que « les masses ne devaient pas se dresser les unes contre les autres, que la production ne devait pas être perturbée, on devait retourner à l'usine travailler et se contenter d'observer pour ensuite imiter ». Qu'on ait tenté d'appliquer simultanément ces deux mots d'ordre, parfaitement contradictoires et distincts dans le temps, témoignait à la fois du retard de l'information et de la faiblesse du niveau intellectuel dans les campagnes. Ne riez pas, c'était comme ça ! Cette confusion m'était utile. Elle offrait diverses solutions à ma situation, elle me permettait notamment de faire une demande de réintégration à la fabrique.

Depuis que j'avais rencontré la vieille femme qui faisait des découpages et les paysans qui modelaient l'argile, je n'avais pas cessé, pendant ces deux années, de parcourir la région montagneuse de Qingshishan. J'avais, entre autres, rencontré des tailleurs de pierre dont la tradition se perpétuait de père en fils. Ils sculptaient des bouddhas dans le plus pur style des Wei du Nord*. Depuis le début de la Révolution culturelle, personne ne portait plus le moindre intérêt à son travail ; ils s'étaient retrouvés à casser des pierres tous les jours, simplement pour gagner leur vie. La plupart d'entre eux ne savaient ni lire ni écrire mais cela n'enlevait rien à l'acuité de leur sens artistique. Ils avaient, de plus, une grande ouverture d'esprit et une vraie générosité. Pour peu qu'ils se sentent compris et aimés dans leur art, ils vous accordaient naturellement leur confiance. Ils m'ont conduit dans des vallées perdues pour me montrer des bouddhas qu'ils avaient enterrés là, dans l'espoir de les préserver. Ces sculptures étaient dignes de Michel-Ange, de Rodin ou encore de Moore... Ils auraient voulu que je les emporte mais je n'avais aucun moyen de les transporter, ni d'endroit où les déposer, alors autant les laisser cachées là...

L'influence de tous ces artistes méconnus a aiguisé ma compréhension de la création. J'avais trouvé des réponses aux questions que je me posais sur l'acte créateur. Fort de ce que j'avais appris, j'entretenais les projets les plus fous, la tête bourdon-

* Dynastie des Wei du Nord : 386-556.

nante d'idées nouvelles. Il fallait absolument que je quitte cette carrière pour retourner au plus vite à la fabrique de porcelaines. Maintenant, je devais pouvoir fabriquer la porcelaine exceptionnelle qui révolutionnerait son époque. Voilà ce que je devais faire, et pas autre chose !

J'ai travaillé avec acharnement. Je me suis épuisé pour arriver à mes fins. Tous les jours, du matin au soir, je transportais des pierres et, la nuit tombée, je continuais à travailler en faisant marcher la meule qui les broyait. Quelquefois, j'étais si fatigué que j'avais l'impression que mon squelette allait se disloquer ! On ne peut travailler ainsi sans s'arrêter. Tout le monde disait que j'étais stupide ou fou. Mais plus je travaillais, plus se rapprochait le jour de ma libération. A ce régime, j'ai fini tout de même par quitter Qingshishan !

Ce jour-là, Qin Laowu m'a remis une attestation m'autorisant à retourner à la fabrique. Mais ce document n'avait rien à voir avec celui que m'avait délivré l'Institut, il y avait de cela plusieurs années. Pourtant il m'envoyait bien au même endroit. Le premier m'avait paru noir et porteur de malheur, celui-là était transparent et plein de promesses. Moi aussi, je me sentais transparent, léger.

Qin Laowu m'a dit en prenant mon sac :

– Allez, je t'accompagne un bout de chemin !

J'éprouvais du regret à me séparer de lui. Depuis le jour où j'avais acheté les statuettes, je partais en balade chaque fois que c'était possible, et il avait toujours fait comme s'il ne voyait rien. Il ne savait pas où j'allais ni ce que je faisais, mais comme il voyait que j'étais heureux il ne posait aucune question.

Nous avons parcouru d'une seule traite les dix kilomètres qui nous séparaient du col. Pendant tout le trajet, il n'a pas ouvert la bouche ; c'était étrange. Par moments, il faisait un curieux bruit avec sa gorge comme si elle lui faisait mal. Exprimer son émotion lui coûtait-il vraiment autant de souffrance ?

Arrivé au sommet de la colline, il m'a tendu mon sac et m'a dit :

– Mon gars, on va se quitter là ! On s'est tout dit... Tu vas de ton côté et moi du mien. Aucun de nous deux ne doit se retourner pour regarder l'autre, d'accord ?

En entendant ses paroles, j'ai eu un mouvement vers lui. J'avais envie de l'embrasser. Mais lui restait extraordinairement calme, comme pétrifié, alors je me suis retenu.

J'ai hoché la tête pour lui montrer que j'étais d'accord.

Nous nous sommes tourné le dos en même temps et chacun est parti de son côté. J'avançais en réprimant mon envie de regarder en arrière. Je suis descendu jusque dans la vallée sans m'arrêter. Arrivé à un coude du chemin où l'on perdait la montagne de vue, je n'ai pas pu m'empêcher de me retourner et j'ai aperçu Qin Laowu, immobile comme une chèvre sur un sommet, à l'endroit même où nous nous étions quittés. Il n'avait pas bougé ! Je n'en croyais pas mes yeux. Poussé par un élan d'amitié, de tendresse, j'ai crié :

– Qin... Lao... Wu... Qin... Lao... Wu.

Mais il ne m'entendait pas, il était trop loin. Je lui ai fait signe en agitant les bras. Lorsqu'il m'a vu, il s'est détourné et il est parti. Je me suis mis à pleurer. J'ai marché en laissant des larmes chaudes inonder mes joues. Je ne sais pas jusqu'à quel point la sensation de ces pleurs ne m'apportait pas un certain plaisir et même une jouissance.

Je me suis retrouvé une nouvelle fois, debout devant la porte de l'usine, mes bagages à la main. Mais, cette fois, ce n'était pas la même chose. J'avais l'expérience du travail qui m'attendait et je renouais avec toute la douceur et l'amertume d'une période de ma vie. J'ai traversé la cour jusqu'à mon ancienne chambre. Dune n'habitait certainement plus là. C'était bien ce que je pensais ! On avait cloué sur la porte des planches entrecroisées, sur lesquelles, autrefois, étaient collés des *dazibao* avec mon nom barré d'une grande croix.

Je suis allé au bureau. Je savais que Luo Jiaju avait été nommé directeur adjoint au comité du district. Un jeune homme avait pris sa place. Il savait parfaitement qui j'étais. Il m'a toisé du regard et a ordonné à un ouvrier d'aller forcer ma porte pour me permettre de rentrer. Tout était recouvert d'une épaisse couche de poussière noire. Un moment après, le remplaçant de Luo Jiaju est venu m'apporter un gros ballot mal attaché et m'a dit :

– Luo Dune a repris toutes ses affaires. Elle a dit que tout ce qui restait était à toi. J'ai l'inventaire de ce qu'elle a gardé pour elle. Tu peux regarder et vérifier quand tu veux.

J'ai fait non de la tête en souriant amèrement. Qui aurait envie de faire l'inventaire de ses malheurs ?

J'ai ouvert le ballot, pour voir. Des papiers, une palette, une série de pinceaux, quelques chiffons tachés de peinture, un gant tout seul, une taie d'oreiller déchirée... des objets que j'avais oubliés depuis longtemps et qui, maintenant, me rappelaient tant de souvenirs. Soudain quelque chose de brillant a attiré mon attention : c'était une porcelaine. Je l'ai essuyée de la main pour ôter la poussière. Mon cœur s'est mis à battre à tout rompre. C'était une des porcelaines que j'avais faites pour mon mariage : celle du singe sur le bœuf ! Le petit singe jaune était dressé sur ses deux pattes avec un air de satisfaction ravie. Il semblait se moquer du gros bœuf et donnait l'impression qu'il allait perdre l'équilibre à tout instant. Cette porcelaine et son dessin, vestiges de la douceur des jours passés, ont radouci d'un peu de chaleur les années cruelles que je venais de vivre. Comme le passé m'était proche tout d'un coup ! Tous ces jours défilaient les uns après les autres. Et puis soudain, je me suis demandé pourquoi Dune, lorsqu'elle avait rassemblé mes affaires, n'avait pas gardé cette porcelaine. C'était le symbole de notre union. J'ai réalisé brutalement ce que son geste signifiait et mon sang s'est glacé.

Quelques jours après mon arrivée, j'ai rencontré Dune, par l'intermédiaire de sa tante.

– Je ne t'ai jamais menti, tu sais... lui ai-je dit. Ce fameux jour où les Gardes rouges nous persécutaient, j'ai avoué n'importe quoi pour te protéger. J'avais peur qu'ils te torturent à nouveau. Et, jusqu'à aujourd'hui, je n'ai toujours pas compris ce qu'on me reprochait... Tu as vraiment cru que je t'avais menti... c'est ça que tu n'as pas supporté ?

Qui sait pourquoi, elle n'a prêté aucune attention à mes explications et m'a répondu d'un ton glacial :

– Je me fiche de tout ça. Ça ne sert plus à rien.

– Qu'est-ce que ça signifie, ça ne sert plus à rien ?

– Ça ne sert absolument à rien.

– Je ne comprends pas ce que tu veux dire...

– Je dois être réaliste, c'est tout.

Ces paroles montraient clairement son choix. Il n'y avait rien à ajouter. J'ai remarqué que ses yeux avaient perdu leur éclat. Ils ressemblaient à deux flaques d'eau stagnante, ses longs cils étaient comme de l'herbe sèche. Sa silhouette, son visage n'avaient plus de mystère, plus de secret. Ils étaient clairs, évidents. On se demandait où s'en étaient allés la poésie et le romanesque de cette jeune femme. La vie est le plus grand des sculpteurs. Elle transforme, bien sûr, l'apparence extérieure des hommes mais elle peut aussi modeler leur cœur ; ce qu'aucun sculpteur ne pourra jamais faire.

On peut toujours essayer de changer le présent ; on ne peut revenir en arrière. Dune et moi, nous étions devenus comme l'eau et l'huile, qui ne peuvent se mélanger. A mon retour, j'avais espéré qu'avec un peu de bonne volonté, les choses pourraient s'arranger, mais quand je l'ai vue ainsi, avec son ventre vide, j'ai... Nous en avons terminé avec les formalités du divorce.

Ce jour-là, j'ai fait un trou dans le terrain vague, derrière la fenêtre de ma chambre. J'y ai enterré notre acte de divorce avec ma porcelaine du singe sur le bœuf. Ensuite, comme me l'avait demandé Dune autrefois, j'ai cueilli une brassée de chrysanthèmes jaune d'or dont j'ai recouvert la terre fraîche. Je ne me suis jamais senti aussi calme, détaché et indifférent qu'à ce moment-là. Une idée bizarre m'a traversé l'esprit. J'ai pensé que, dans des centaines ou des milliers d'années, des archéologues trouveraient cette porcelaine et l'acte de divorce en lambeaux et qu'ils chercheraient en vain à en comprendre l'histoire.

Moi aussi, je me suis senti soudain perdu dans un monde absurde.

Ce soir-là, je suis allé voir Luo Zhanggui. J'avais entendu dire qu'il était paralysé. On craignait même qu'il ne vive plus très longtemps. Je n'avais jamais oublié que c'était lui qui m'avait sauvé la vie en me faisant sortir du four. Vous vous souvenez ?

Luo Zhanggui n'allait pas bien. Sa respiration sifflante couvrait le son de sa voix. Il avait les yeux vitreux, le visage décharné. Il était devenu squelettique. Il m'a fait penser à la grève asséchée que je voyais de la fenêtre de ma chambre. Je me suis dit qu'il allait se dissoudre lentement dans ce lit et que jamais plus il ne pourrait tenir droit son grand corps vigoureux.

Quand il m'a vu arriver, il était si ému que ses narines se sont dilatées. Il m'a dit avec difficulté, sur un rythme haché :

– Je... Je... J'admire ton talent ! Tu... cette porcelaine que tu fais... il faut continuer. Tu aurais dû t'appeler Luo et tout aurait été... si simple.

Soudain, m'est revenue en mémoire cette question à laquelle il n'avait jamais voulu répondre :

– Maître, comment faites-vous pour que les ébauches que vous fabriquez soient toutes, sans exception, si pleines de vie ?

Luo Zhanggui m'a écouté et son corps immobile depuis si longtemps a très légèrement bougé. J'étais stupéfait. Ma question avait touché à quelque chose d'essentiel pour lui et c'est son corps tout entier qui, un court instant, avait tenté de me répondre. Il m'a demandé de prendre sur la table une sorte de calebasse, de bien la regarder et de lui dire si je remarquais quelque chose de particulier. Je l'ai tournée et retournée dans tous les sens.

– Oui, il me semble reconnaître le travail de vos mains.

Ses yeux ont brillé de plaisir.

– La vie est au bout des doigts, n'oublie jamais ça ! Quand tu sors une ébauche, elle doit accrocher la lumière de partout. Ce doit être ton objectif et, là, c'est l'œil qui entre en jeu. Toi qui es peintre, tu le sais mieux que personne. Privé de regard, tu ne survivrais pas, car n'est-ce pas l'œil du peintre qui capte la vie ?

Alors, j'ai repensé aux poteries anciennes, aux bronzes, à la statuaire funéraire, à leurs formes irrégulières et généreuses, aux lignes opulentes et débordantes de vie des papiers découpés de la vieille paysanne. Ces objets n'étaient-ils pas tous détenteurs du même secret ? J'étais impatient d'en savoir davantage et de mieux comprendre ce mystère et si quelqu'un pouvait m'aider, c'était bien ce pauvre Luo Zhanggui. Je lui ai demandé :

– Maître, pouvez-vous encore me parler de l'« œil » ?

Il a poussé un profond soupir. Son regard s'est rétréci et ses yeux sont redevenus ternes et tristes.

– Une autre fois, m'a-t-il dit, je t'en parlerai...

Puis il a demandé à la jeune fille qui s'occupait de lui – j'ignorais si c'était sa fille ou une parente – de lui apporter deux objets : un pinceau avec son capuchon de cuivre, qu'il avait caché dans du fumier, et un vieux coffret de bois rouge.

– Je l'avais mis dans le fumier, me dit-il, pour... il est très pratique, je m'en suis servi pendant trente ans. Maintenant, je n'en ai plus besoin, je te le donne. Ce coffret, ouvre-le...

Pendant que je l'ouvrais, j'entendais sa respiration douloureuse et bruyante.

Le coffret contenait une série complète de pièces de mah-jong. On aurait dit du jade mais, en regardant mieux, on s'apercevait que c'était de la porcelaine. Elles étaient finement décorées de fleurs ciselées qui semblaient encore frémir et trembler. C'était un chef-d'œuvre absolu. Luo Zhanggui m'a dit :

– Garde-les bien. Ne laisse jamais personne les casser sous prétexte qu'elles feraient partie des « Quatre Vieilleries ». Je les ai reçues en héritage. Toi, tu t'y connais, alors prends-les. Je suis vieux, je n'ai rien d'autre à donner...

J'étais si ému que je n'ai pu dire un mot.

Puis nous en sommes venus à parler de Cui Dajiao.

– Il a eu ce qu'il méritait celui-là, dit Luo Zhanggui. Il s'est débrouillé pour se fiche dans le ravin, cet abruti, alors qu'il conduisait sur une route assez large, qu'il connaissait depuis vingt ans et qui n'était même pas verglacée. Heureusement, il n'avait pas de famille et n'a laissé ni veuve ni orphelin. Au fond, il n'était pas vraiment méchant mais il manquait de jugement ; il faisait n'importe quoi. Avant, il ne s'était jamais montré aussi cruel. Je ne sais pas ce qui a pu le faire changer...

– Peut-être... mais ce que je ne peux pas lui pardonner, c'est d'avoir écrasé Le Noir.

– Tu veux parler de ce chien... Pour ça au moins, il faut lui rendre justice. Il ne l'a pas tué, c'est lui-même qui me l'a dit.

– Eh bien, il t'a raconté des histoires. J'y étais, moi, dans le camion !

– Non, non, il m'a expliqué qu'il avait braqué au dernier moment pour éviter ce chien, mais trop tard, et qu'il l'avait quand même heurté.

– C'est vrai ? me suis-je écrié.

Je n'arrivais pas à croire que Le Noir était vivant et, surtout, que Cui avait fait tout ce qu'il avait pu pour l'éviter. Puis je me suis remémoré la scène. Je me suis souvenu, en effet, qu'au moment de foncer sur le chien, il avait braqué violemment.

– Vous êtes sûr ? Le Noir est vivant ?

Je n'osais toujours pas le croire. Trop d'espoir fait peur.

– Mais oui, il est vivant. Je l'ai revu, ton chien... Après ton départ, il est venu aboyer plusieurs jours de suite devant chez toi. Il boitait...

La chambre du vieux Luo s'est soudain remplie de lumière. Mais qui devais-je remercier ? La vie est vraiment surprenante ! Quand tout semble désespéré, elle réserve toujours des moments de répit pour reprendre haleine. Quand tout semble perdu, elle te donne les moyens d'imaginer un avenir possible. Même lorsque tu te sens accablé, dans une solitude infinie, elle guide discrètement tes pas vers l'espoir...

Je me suis senti envahi d'une douce chaleur.

A partir de ce jour, j'ai cherché Le Noir partout. Je posais des questions à tout le monde mais personne ne me racontait la même chose. Certains l'avaient vu, d'autres non. Enfin, j'ai eu une piste sérieuse. Un marchand de cigarettes ambulant disait avoir vu, quelques jours auparavant, dans un village à dix kilomètres d'ici, un chien noir très maigre, couché au bord de la route. Ce chien paraissait si affamé et épuisé que le marchand, apitoyé, lui avait donné à manger. Il a précisé que ce chien boitait. Je tenais un indice solide.

Pendant tous mes jours de congé, j'ai cherché Le Noir, j'ai sillonné les champs, les chemins, les villages. J'ai cherché et cherché sans cesse. J'ai fini par trouver le monde trop vaste. Certaines choses, mêmes proches, restent souvent difficiles à trouver.

Un dimanche, j'avais marché depuis l'aube jusqu'à midi, sans succès. J'étais si fatigué, tellement à bout que j'avais même oublié ce qui m'incitait à vouloir retrouver ce chien. Il ne me restait plus qu'une détermination aveugle qui me poussait à ne pas renoncer. J'avais la conscience obscure mais obstinée que c'était de cette façon qu'il m'avait retrouvé la première fois.

J'arrivais à l'entrée d'un village. Je ne pouvais plus mettre un pied devant l'autre tellement j'étais soûl de fatigue. Je me suis arrêté pour prendre un bol de soupe dans une petite gargote et me reposer. Soudain j'ai entendu des enfants crier : « Frappe-le, allez, frappe-le !... » Je me suis approché et j'ai vu qu'ils battaient un chien avec une branche de saule. Le chien était couché le long d'un mur. Il ne réagissait pas. Il avait l'air sur le point de mourir. C'était un chien noir !

C'était le mien... Je me suis précipité, fou de joie.

Au premier coup d'œil, j'ai cru que c'était lui. Et puis j'ai hésité. Ce chien était bien noir mais ses poils étaient plus ras, collés par la boue, il n'avait plus que la peau sur les os. Il n'avait plus la force d'échapper aux enfants. Il restait couché sans bouger, les yeux fermés. J'ai quand même appelé :

– Le Noir !

En entendant ma voix, il a réussi à se lever et à se traîner vers moi en titubant. Les enfants, effrayés, ont reculé. Il a fini par ouvrir les yeux pour me regarder.

Je lui ai dit d'une voix blanche :

– Donne-moi ta patte droite !

Dans un effort immense, en tremblant, il m'a tendu sa patte droite, sale et humide. Le Noir, mon chien ! Je l'ai pris dans mes bras et je l'ai serré très fort contre moi. Son corps tremblait tellement que j'ai eu l'impression que c'était moi qui tremblais. En fait ce n'était pas une impression. Je tremblais aussi fort que lui. Je sentais sa tête s'appuyer contre moi avec une violence fébrile... Que pouvais-je dire ? En le tenant dans mes bras, c'était le monde entier que j'embrassais...

Depuis ce jour-là, je ne l'ai plus jamais quitté. Où que j'aille je l'emmène avec moi. C'est pour lui que je voyage en couchette de luxe parce que le contrôle y est moins sévère et qu'on y est plus tranquille. Comme il comprend tout, il sait très bien quand il ne doit pas faire de bruit. Je n'ose pas imaginer le moment où nous serons obligés de nous séparer pour toujours. Je le redoute... Le Noir est vieux, maintenant. Il ne court plus la campagne. Il ne mange presque plus. Il reste couché à côté de moi toute la journée. Mais, dès qu'il entend un bruit de moteur, il grogne en montrant les dents et se redresse, inquiet... Vous voyez, je devais vous raconter mon histoire pour que vous compreniez bien ce qu'il y a dans ma caisse !

Je n'ai rien trouvé à répondre : le récit de Hua Xiayu, ce peintre méconnu, m'avait profondément ému. J'ai levé la tête pour regarder la caisse. Je n'avais pas entendu le moindre bruit mais, maintenant, je savais ce qu'elle contenait. Cette histoire m'avait plongé dans un malaise et une tristesse profonde. Pendant cette nuit, j'avais revécu avec lui tout son passé et je me demandais de quoi était faite sa vie présente :

– Alors, tu es peintre maintenant !

Hua Xiayu secoua la tête en souriant, un éclat moqueur dans les yeux. J'ai demandé ce que signifiait ce regard. Il a souri de nouveau et m'a dit :

– Je crois que vous allez vraiment vous moquer de moi ! A mon retour à la fabrique, je me suis en effet retrouvé à l'atelier de peinture. A peine quinze jours plus tard, j'étais muté dans un autre atelier. Tout ça, à cause de ce que je vais vous raconter... Un jour, je me promenais dans les environs de la ville. Une grosse averse venait de tomber et les teintes foncées et profondes de la campagne, leur brillance, leur fraîcheur donnaient l'impression que tout ce paysage détrempé sortait du fond des eaux. A ce moment-là, un point blanc est apparu à l'horizon. Cette petite tache, d'un blanc intense, a soudain transformé les couleurs alentour. Elle procurait la même sensation qu'en musique lorsqu'on joue du luth et qu'on atteint la note aiguë et parfaite de la huitième mesure. Je me sentais léger et heureux. La tache blanche se rapprochait rapidement : c'était Luo Jiaju. Il portait une chemise blanche. Je ne l'avais pas revu depuis deux ou trois ans. Je ne sais pas pourquoi... peut-être à cause du spectacle de ce paysage après la pluie, peut-être à cause de l'impression qu'avait faite sur moi l'apparition de ce point blanc, toujours est-il que, d'un seul coup, j'avais oublié tous les événements du passé. Il m'a questionné avec intérêt sur ma situation actuelle. Je lui ai raconté que je travaillais à nouveau à l'atelier de peinture, que j'avais pas mal d'idées qui, je l'espérais, renouvelleraient certainement la peinture sur porcelaine. Le lendemain, on me transférait, sans aucun motif, à l'atelier de cuisson... Vous allez sans doute penser que je suis complètement stupide ?

– Non, mais tu es de ces gens qui, d'une manière ou d'une autre, se mettent eux-mêmes hors du jeu.

– Ce que vous dites est tout à fait vrai. Je suis comme ça. Mais pour revenir à mon histoire, je n'ai pas perdu au change. Au contraire, j'ai beaucoup appris sur les règles du séchage. Les cuiseurs disent toujours que la réussite tient à trente pour cent du modelage et à soixante-dix pour cent de la cuisson et que celui qui n'a pas compris la cuisson ne comprendra jamais rien à la porcelaine. Alors, peu à peu, j'ai affiné mes connaissances sur les réactions de ma peinture à la cuisson. Vous ne trouvez pas cela bizarre ? Les gens qui me veulent du mal, par un moyen ou un autre, finissent toujours par m'aider. Vous pouvez me dire pourquoi ?

Sa question m'a laissé un peu bête. J'aurais pu lui expliquer ce que j'avais compris, mais c'était encore un peu flou. J'ai préféré me taire. Ce drôle de personnage m'avait troublé. Je ne parvenais pas à mettre de l'ordre dans toutes les réflexions qui se bousculaient dans ma tête... Comme j'étais incapable d'apporter des réponses claires à ses questions, il ne me restait plus qu'à lui en poser une à mon tour.

– Est-ce que tu as eu des explications sur ce que Luo Zhanggui appelait l'« œil » lorsque vous parliez de porcelaine ?

– Non, il est mort la nuit même qui a suivi ma visite. S'il n'a rien dit ce jour-là, c'est qu'il ne pensait pas mourir si vite. Personne ne peut prévoir l'heure de sa mort... (Hua Xiayu était très ému en disant ces mots.) Il a pu m'offrir ses trésors de famille, mais il n'a pas eu le temps de me transmettre les secrets de son art. En un sens, on ne peut pas éviter de refaire le chemin de ceux qui nous ont précédés. On ne peut pas nier non plus l'importance de la tradition qui a assuré, à travers les siècles, la permanence de l'expression de l'âme chinoise dans l'art. Le mystère de cette pérennité, personne ne pourra jamais vraiment l'expliquer. Le vieux Luo m'en avait cependant suffisamment dit pour me permettre d'accéder à une compréhension plus approfondie de l'acte créateur. Si, dans l'avenir, je retourne travailler à l'atelier de peinture, j'aurai acquis une grande confiance en moi, vous ne croyez pas ?

Son regard pétillait.

Le train trouait la nuit noire, avalant le ciel glacé et la terre enneigée. Les voyageurs dormaient et, pendant tout le trajet, il y avait eu peu d'allées et venues. On n'entendait que le bruit assourdissant et monotone des roues qui rythmait le silence de la nuit. J'avais à ce point oublié le bruit du train que je ne savais plus où j'étais.

– Vous êtes fatigué ?

Hua Xiayu a regardé l'heure à sa vieille montre au verre jauni et cassé.

– Il est déjà cinq heures et demie. Le jour va se lever. Je serai arrivé dans moins d'une heure. Excusez-moi, je vous ai fait perdre une nuit entière de sommeil.

– Non, non, mais ton histoire n'est pas finie. Raconte-moi ! Cette malheureuse aventure est bien en relation avec ce qui s'est passé en 1957 ? Tu ne m'as pas dit qui t'avait finalement dénoncé.

– Personne.

– C'est Luo Jiaju qui a tout inventé ?

– Non, il s'est juste servi d'éléments de mon passé dont il a su tirer profit. Ces informations, il les avait lues dans un dossier qui me concernait.

– C'est curieux ! Si personne ne t'a dénoncé, comment pouvais-tu avoir un dossier compromettant ?

Hua Xiayu a hésité un moment avant de m'expliquer ce qui s'était réellement passé :

– Comment vous dire... Il y a un mois, je suis allé dans le Nord-Est, en Mandchourie. J'ai d'ailleurs pris le même train qu'aujourd'hui. A la gare de Shenyang, j'ai soudain entendu quelqu'un m'appeler. Une femme, c'était Yang Meimei... Je ne vous ai pas dit son nom tout à l'heure... C'était l'étudiante dont j'étais amoureux à l'époque. Elle était mariée et, à voir son air et ses vêtements, on devinait sans peine que sa vie était plutôt heureuse... Elle partait en mission. Elle n'aurait jamais imaginé me rencontrer là. Il y avait tant d'années qu'on ne s'était vus. Elle m'a regardé d'un air incrédule. Je devais avoir beaucoup changé depuis notre dernière rencontre. Nous n'avons échangé que quelques phrases. Elle ne m'a pas laissé le temps de déposer ma caisse dans un endroit calme. Elle m'a demandé si j'avais souffert de la Révolution culturelle. Et puis, elle m'a raconté d'un ton sincèrement désolé que, la fois où nous nous étions donné rendez-vous à Tian Tan, je lui avais tenu des propos plus que sceptiques sur le mouvement antidroitier, sans lui expliquer complètement le fond de ma pensée. Elle avait pris peur. Elle craignait que ces idées quasi déviationnistes ne m'empêchent de progresser et, connaissant mon caractère naïf et passionné, elle avait cru bon de faire un rapport à la cellule du parti de l'Institut. Résultat : tous ses propos ont été consignés dans un dossier. Au moment de la Révolution culturelle, les dirigeants de la fabrique l'ont contactée pour qu'elle confirme ses déclarations. Depuis, elle n'avait pas cessé de penser aux ennuis que j'avais dû avoir. Elle était prise de remords mais pas assez pour oser m'écrire et prendre de mes nouvelles. Elle m'a dit : « Tu as dû souffrir énormément à cause de mon imbécillité. » J'écoutais ses paroles et je sentais un froid glacial s'emparer de moi, envahir tout mon corps jusqu'à en avoir la chair de poule. J'ai souri tristement. J'avais, en effet, beaucoup souffert à cause d'elle. Ensuite, j'ai éprouvé une sorte de frayeur rétrospective... Puisqu'elle m'avait dénoncé, comment avait-elle pu me dire, dans le même temps, qu'elle m'aimait ? Je l'aurais probablement épousée si j'étais resté à Pékin. Comment, dans ce cas, aurait-elle pu vivre avec moi la conscience tranquille ? C'était inconcevable ! J'en frissonnais d'horreur !

– Mais, enfin, tu aurais dû lui dire qu'à cause d'elle tu avais perdu ta femme et ton enfant, que tu étais sans domicile et sans famille, que tu avais frôlé la mort ! Si elle avait une conscience, elle n'aurait plus connu le repos !

J'étais indigné.

– Une conscience... tout le monde en a une. Mais, si certaines personnes l'écoutent, d'autres l'étouffent. Et puis elle m'avait parlé à cœur ouvert. C'était bien la voix de sa conscience qui l'avait poussée à tout m'avouer, alors...

– Qu'est-ce que tu lui as répondu ?

– Je lui ai dit que je n'avais souffert de rien, que tout allait très bien. Et puis j'étais tout de même sous le coup de la surprise.

– Elle t'a cru ?

– Bien sûr que non ! Mais elle ne tenait pas à en savoir plus. Elle a préféré croire que c'était vrai. Vous êtes écrivain, vous devez bien comprendre ce genre de comportement. Mes paroles allaient lui permettre de continuer à vivre tranquillement, la conscience en paix. A l'époque, quand j'étais parti, elle avait fourré dans mes bagages toutes sortes de choses que je n'avais pas pu refuser : des gâteaux, des friandises, du jambon, et, dans la pagaille, elle avait oublié un de ses gants en laine. Vous vous rappelez, ce gant que j'ai retrouvé à mon retour à la fabrique ? Finalement, je la libérais. Elle pouvait enfin se détacher de moi. Elle ressemblait à un oiseau qui s'envole librement hors de sa cage. Même sa voix s'était éclaircie... Vous allez encore penser que je suis stupide. Mais je ne crois pas. J'ai déjà payé cette affaire de plusieurs années de ma vie. A quoi bon tourmenter quelqu'un d'autre ? Ce n'était pas une mauvaise fille, elle m'avait rendu heureux !

Je regardais avec une tendresse inquiète cet homme généreux et si durement malmené par l'existence. D'une voix étranglée, je lui ai dit :

– Oublions le passé ! L'avenir sera certainement meilleur !

J'avais prononcé ces mots sans enthousiasme. Ils étaient vides de sens pour moi. Je n'avais, pour mon propre compte, aucun espoir en l'avenir. Ce n'étaient que des banalités d'usage.

Sa réponse m'a étonné :

– Ne dites pas ça. Si je devais mourir aujourd'hui, je dirais que je suis reconnaissant à la vie de m'avoir tant donné. Si je deviens vieux, je lui en serai encore plus reconnaissant.

J'écoutais cet homme qui me fascinait et je me sentais gagné par les mêmes dispositions d'esprit. Moi qui étais craintif, voire indifférent, moi qui gardais mes distances en toute circonstance, voilà que je partageais soudain avec lui ce même goût violent pour la vie, qui me submergeait comme une vague… Quand une émotion forte vous envahit, il faut d'abord la tenir secrète pour lui permettre de prendre doucement sa vraie mesure. C'est à cette minute que nous nous sommes sentis le plus complètement heureux ensemble.

La faible lumière du jour éclairait déjà la fenêtre du compartiment, le paysage émergeait, encore confus, de cette aube toute neuve. Je devais avoir subi l'influence de ce peintre car je me surprenais à être sensible aux couleurs des choses.

Hua Xiayu s'est levé, il a rassemblé ses affaires pour en faire un ballot.

– Il va falloir que je descende, me dit-il.

Bon… alors on se dit au revoir, je… je souhaite que tout ce que vous désirez se réalise !

– Merci… merci bien. Et moi je te…

J'ai réfléchi et j'ajoutai :

– J'espère pouvoir admirer tes porcelaines le plus tôt possible !

Son regard a brillé. C'était la meilleure chose que je pouvais lui souhaiter. Il m'a répondu :

– Vous pouvez compter sur moi !

Sa voix exprimait une réelle conviction.

Le train ralentit.

Hua Xiayu a descendu la caisse. Il l'a posée sur la

banquette et s'est penché pour glisser quelques mots par le petit trou : « Tu as bien dormi ? » On aurait dit qu'il s'adressait à un enfant. « Ne fais pas de bruit tant qu'on n'est pas arrivé ! » J'avançai la tête :

– Laisse-moi jeter un coup d'œil, d'accord ?

J'avais trop envie de voir ce chien exceptionnel. J'ai regardé rapidement par le trou de la caisse. Je n'ai rien vu mais j'ai senti l'odeur forte et lourde d'un animal.

Le train s'est arrêté brusquement. On distinguait dans la brume sale du petit matin les bâtiments de la gare, les quais et les grilles, des ombres et des silhouettes fantomatiques.

– Vous pouvez m'aider ? Il faut que j'arrive à traverser le contrôle des billets sans poser mes bagages par terre. Je ne veux pas prendre le risque qu'on découvre mon chien. Non, non, ce n'est pas la peine que vous m'accompagniez ! Faites juste ce que je vous demande et ça ira.

Il a fixé son grand carton à dessin sur son dos. Il a posé sa caisse sur son épaule et a pris dans sa main droite son sac usé.

– Est-ce que vous pourriez me sortir mon billet de train ? Il est dans la poche de ma veste... Mettez-le dans ma bouche. Je vais le tenir entre mes dents et ça ira comme ça... oui, voilà...

Avec son billet dans la bouche, il ne pouvait plus parler mais continuait à sourire, sans doute en signe de remerciement.

Quand il fut descendu du train, nos yeux ont échangé quelques mots muets, des souhaits de bonheur et le regret d'avoir à se séparer. Je l'ai regardé s'éloigner par la fenêtre, happé par une foule anonyme. Il s'est approché du guichet. Mon cœur s'est serré. Le contrôleur lui a ôté son billet de la bouche, lui a dit quelque chose, et Hua Xiayu a continué tranquillement son chemin. Il a dépassé les grilles. Il s'est retourné dans ma direction. J'ai agité la main vers lui. M'avait-il seulement vu ? Je ne sais pas. J'étais dans le noir. J'avais éteint la lampe de mon compartiment. Je l'ai suivi des yeux longtemps...

En le regardant s'éloigner lentement, sa caisse sur l'épaule, j'ai été envahi par une tristesse profonde. Que devais-je lui souhaiter ? Que lui réservait l'avenir ?... Ces dernières années, j'avais parcouru la Chine du nord au sud, j'avais rencontré beaucoup de gens comme lui. Ils avaient subi toutes les misères du monde, mais rien dans leur apparence ne pouvait le laisser deviner. Ils avaient gardé peu de traces visibles de leur souffrance. Et quand, parfois, ils racontaient leur histoire, c'est à peine si on les croyait !... La vie les avait accablés de tout ce qu'elle pouvait comporter de dureté, d'injustices, de cruautés mais, eux, arrivaient à surmonter toutes les ignominies et à tout encaisser. Peu importe qu'ils aient mené une vie de chien, une vie de moins que rien : ils ne semblaient pas marqués. On aurait dit qu'ils digéraient tout, silencieusement. Ce qu'ils avaient subi ne faisait que renforcer leur instinct de survie. Ils mettaient toute leur lucidité et leur énergie à résister ! Même anéanti par le plus profond des désespoirs, l'homme ne peut se résoudre à quitter la vie. Est-ce la peur de l'inconnu ou l'espérance insensée de jours meilleurs qui le retient ? Peu importe qu'il soit bafoué, torturé, l'homme continuera, envers et contre tout, à vivre.

Perdu dans mes pensées, je n'ai pas remarqué que les rayons du soleil avaient percé le ciel d'une lumière vive et claire. Le train venait de quitter la gare. Il faisait maintenant grand jour et je voyais par la fenêtre les flots glacés du fleuve miroiter sous la lumière matinale.

Loi n° 49-956 du 16 juillet 1949
sur les publications destinées à la jeunesse
P.A.O : Françoise Pham
Imprimé en France par Laballery - 58500 Clamecy
Premier dépôt légal : octobre 2003
Dépôt légal : juin 2014
N° d'édition : 272163
ISBN : 978-2-07-055630-4